leykam: *seit 1585*

Maria Hofer

ARSEN

Roman

leykam: *Belletristik*

Product footprint
CO_2 Neutral
PBN-CFMCP-015258
MIX
Aus verantwortungs-
vollen Quellen
FSC® C014138

Erscheint auch als E-Book.

Umschlaggestaltung: Gradhammer Concept & Design
Layout: Gerhard Gauster
Korrektorat: David Hoffmann
Lektorat: Kristine Kress
Druck: FINIDR, s.r.o.
Gesamtherstellung: Leykam Buchverlag

www.leykamverlag.at
ISBN 978-3-7011-8289-3

Klimaneutral gedruckt

Gefördert durch

Steiermärkische SPARKASSE | Literaturpreis SCHREIBEREI

Unten

Androgyne Bauern mähen im Steilhang, teils sind sie hochbetagt. Boten in bunter, bedeutungsloser Kleidung bringen traditionelle Bauernkrapfen an den Feldrand. Diese Krapfen sehen aus wie Doughnuts, nur haben sie kein Loch, stattdessen zieht sich eine dünne, knusprige Teigschicht zwischen den wulstigen, fettigen Rändern. Es schaut aus wie ein größeres, essbares Diaphragma. Es war traditionell das Essen der Feldarbeiter. Normalerweise mit Salat oder Zucker kombiniert. Es bestehen hier einige aber auf die Kombination aus beidem, wollen den Krapfen mit Salat UND Zucker essen. Weil sie glauben, das hat man früher so gemacht. Aus Brauchtumsgründen, die sie auf den Elektrolythaushalt zurückführen.

Die Sonne summt im Kopf, man mäht konzentriert, pragmatisch und ist dabei kurz vor der Ohnmacht. Die eigene Bewegung hat nur für kurze Zeit Einfluss auf das Feld.

Der Staub auf der Straße lässt einen hinuntergefallenen Schweißtropfen ermatten, wie eine halbe, pudrige Seifenblase versinkt er im Grund. Man hört kein

Vogerl pfeifen, nur die Sensen, die sich schubweise durchs Gras knuspern.

Ein junger Feldarbeiter widersetzt sich dem Rhythmus und greift in seine Westentasche. Ein älterer Arbeiter schaut ihn an und sieht, wie er eine kleine Dose herausnimmt und sich zwei winzige, gelbliche Krümel daraus auf den Bauernkrapfen legt. Nach dem Essen mäht und mäht er. Sein Kopf ist rot, und sein Filzhut ist grün. Er mäht in diesen weihnachtlichen Farben bis spät in die Dämmerung, ohne einen Schluck Wasser zu trinken. Jeder Sensenschwung entschärft eine aufkommende Assoziation mit der alten Welt. Immer und immer wieder. Jeder Zug eine Erinnerung weniger. Es ist wie ein Schlachten, nur muss man es sanft machen, und mit Gefühl, sonst wird die Klinge stumpf.

Obwohl alle die Felder in Arndorf mähen können, in Arndorf herumsteigen können, sich überall deppert einmischen können, irgendwelche Aktivitäten und Initiativen starten können, die Almluft fetischisieren und sich an den Bergen dort aufgeilen können, steht Arndorf nicht einmal im Grundbuch. Arndorf hat keine Form, sondern nur jede Menge Potenzial.

Thujen

Für Loth aus der Millionenstadt gibt es keine bedeutungslose Kleidung. Die hochpreisigen Basics erfüllen ihre Zwecke (Unauffälligkeit und Neutralität) schon seit Jahren nicht mehr. Sie enttarnen ihre Träger eher sofort als Angehörige des Bildungsbürgertums oder Großbürgertums. Loth hasst die allgemeine Bewunderung für die Oberschicht. Er will wie ein Handwerker oder besser wie ein ARBEITER oder noch besser wie ein HILFSARBEITER behandelt werden und nicht wie der Diplomaten- und Industriellensohn, der er ist. Er will, dass ihn die Leute aktiv übersehen, anrempeln, anpöbeln. Er will vom AMS-Berater persönlich beleidigt werden. Er will beim Penny an der Wursttheke ignoriert werden.

Loth fährt über Wien Mitte zum Südbahnhof. Er liebt Wien Mitte, The Mall. Das Einkaufszentrum, das vor vielen Jahren den überdachten Markt ersetzt hat. Von innen wirkt das Einkaufszentrum wie eine schlechte Kopie des Zaha-Hadid-Wirtschaftsunigebäudes, obwohl The Mall eigentlich das ältere Gebäude ist. Deswegen liebt er es so sehr. Er nimmt die S-Bahn, die er auch liebt, und fährt zum Hauptbahnhof. Er ist zu früh da und trinkt einen Kaffee, der völlig ausreichend geschmackvoll ist. Der Kaffee ist gut genug, und das reicht vollkommen. Loth wird aggressiv, wenn er irgendwo aus Versehen das Wort „Barista“ lesen muss. Während er seinen Kaffee aktiv nicht genießt, beobachtet er, wie sich ein Typ im Burger King einen runterholt, während dieser eine potenzielle Studentin beim Mittagessen anstarrt. Noch bevor er seinen Kaffee ausgetrunken hat, geht Loth zu seinem Bahnsteig, und weil sein Handyakku leer ist, studiert er den Kleidungsstil jeder

einzelnen Person dort. Er will sein wie sie und nachfühlen können, warum sie in der Früh nach dem Aufstehen genau DIESE Fetzen gewählt haben, in der Hoffnung, dadurch zu lernen, genauso unsichtbar zu sein wie die normalen Leute, die mit dem Zug fahren.

Immer wenn er in den Ort fährt, den ein berühmter Mann als „den kältesten Ort Österreichs“ bezeichnet hat, haben die Einheimischen Loth in erster Linie als Urlauber gesehen, obwohl er an einem Projekt ARBEITET! Auch wenn er sich Arbeiterhosen anzieht und versucht, im Dialekt zu reden: Ihm wird das Urvertrauen verwehrt, das jedem Gebürtigen entgegengebracht wird. Die Leute sind zwar schon neugierig auf Loth, aber das ist eine oberflächliche Angelegenheit, in Wirklichkeit mögen die Einheimischen die Urlauber wegen der Wirtschaft. Erst sie geben der geliebten Seilbahn einen Sinn. Erst sie bringen die Partypolonaise in die Schirmbar. Loth und seine Freunde beleben mit einem neu übernommenen Gasthaus genau diese Wirtschaft. Und sie locken neue Schichten als Urlauber an. Wohlhabendere Gäste, die auf ruhigeren, unaufdringlicheren individuellen Erlebnistourismus stehen, den man unverschämt exklusiv vermarkten kann.

Die Leute vom Land sind schon hunderte Jahre auf die Befriedigung von Urlauberbedürfnissen konditioniert. Nie soll der Urlauber sich als Gast fühlen. Immer soll der Urlauber sich als organischer Teil des authentischen Landlebens fühlen. Als Servicekräfte bringen die Landbewohner den Touristen jagen und Volkstanz bei, unternehmen riskante Bergtouren, erzählen alte chauvinistische Sagen mit authentischer Kernigkeit – alles das eine Essenz dessen, was die Stadtbewohner als „das Österreichische an sich“ imaginieren. Und die Landbewohner haben dazu entweder mehr kritische Distanz als die Stadtbewohner sich das jemals ausdenken können und sehen das mit einer zynischen Distanz, oder eben nicht. Und performen den Almöhi, bis sie es sich im schlimmsten Fall selbst glauben und wegen einer selbst antrainierten und nie erreichbaren Idealvorstellung vom Landleben Depressionen bekommen und sich umbringen irgendwann, weil ihr eigenes Leben nicht so edel ist, wie sie es darstellen, wie sie es als Kindheitserinnerung erfinden. Ihr Leben wird eine Unmöglichkeit. Manche werden auch deswegen Blut-und-Boden-Nazis, weil sie wegen dem ganzen Authentikblabla glauben, ihnen wurde von der modernen Welt etwas weggenommen, das sie nur wiedererlangen, wenn sie alles, was von ihrer Idealphantasie abweicht, ausrotten, und damit auch ihre Unzulänglichkeitsgefühle, ihre Selbstzweifel, ihre Wut. Weil sie eben nicht in Häusern leben, die sie permanent an ihre edle, reinblütige Herkunft erinnern, sondern in ganz normalen Einfamilienhausnachbarschaften auf Feldern, die irgendein Immobilienentwickler von verzweifelten Bauern abgekauft hat und dort halbherzige Häuser gebaut hat. Mit großzügiger, aber irgendwie auch unwürdiger Wohnfläche. Einzelteile, die sich speziell auf den individuellen Wohngenuss angepasst zusammenfügen lassen. Einzelteile, die gleich austauschbar sind wie alle Episoden der eigenen Lebensgeschichte, gleich austauschbar wie die eigene Arbeitskraft. Daraus resultiert ein Schmerz, den eigentlich alle Leute mehr oder weniger kennen, aber die Leute vom Land macht es noch fertiger, weil sie in der Dauerpräsenz von subtil omnipräsenter Althergebrachtheit leben müssen. Natur, die mit Funktion, Wirkstoffen, Zweckmäßigkeit und Schönheit aufgeladen wird. Dinge und Gebäude, die mit Anekdoten und historischen Fakten angereichert werden. Felsen, Berge, Wälder und Gräser, die zu Sagen verwurstet werden, um Leuten den Unterschied zwischen „gut" und „schlecht" nachvollziehbar zu machen. Daraus resultieren dann Mythen, die ein normales Leben im Vergleich dazu wegen seiner eindimensionalen Banalität nur scheitern lassen können. Deswegen ziehen in Wirklichkeit so viele junge Leute in irgendeine Stadt und nicht weil dort das Kulturangebot so reichhaltig ist und das Donauwasser in den Hitzesommern so schön im Ohr juckt.

Loth ist fasziniert von dem, was die Leute am Land verzweifeln lässt, von Noras tiefer, melancholischer Brutalität. Sie ist so originell, so authentisch und so unverschämt. Er hat sich deswegen stark dafür eingesetzt, die einheimischen Servicekräfte keineswegs zu entlassen. Das Gasthaus ist für ihn ohne Nora schwer vorstellbar.

Auf dem Weg zu Nora verinnerlicht Loth die Doppelhausgärten, jedes Halbhaus sein eigenes Universum, mit eignen Dekorationsgegenständen nach individuellem Geschmack, abgetrennt von blickdichten Thujenhecken, die seiner Meinung nach das wahre ästhetische Verbrechen sind. Loth will sich vertiefen in die Belanglosigkeit und in die zufriedene Resignation, die er hier allgegenwärtig hinter den Plastikstores und zwischen den Thujenheckenparzellen vermutet.

Die Thujenhecken haben Blätter wie flache, aufgefächerte Adern. In diesen Hecken brüten gerne Kreuzspinnen, das wissen fast alle Kinder und kriechen deswegen auch nicht durch diese Hecken von Garten zu Garten. Das ist der Strauch des analen Charakters, denkt sich Loth. Der anale Charakter ist der schlimmste aller Charakter, denkt er sich. Der anale Charakter zeichnet sich durch diese Eigenheiten aus: Kontrollbedürfnis, Sparsamkeit, Eigensinn, Genauigkeit, Trotzigkeit, Neigung zu Wutausbrüchen, sadistische Impulse, Ärger, Hass, Rachsucht. Was ist eigentlich der Unterschied zwischen Hecke und Strauch, fragt er sich. Der anale Charakter ist der Charakter des Geizes und des Mitläufertums. Er kennt so Leute. Er beißt sich auf die Unterlippe. Der Erich, denkt er sich. Madonna singt in *Frozen* fix über einen analen Charakter, denkt er sich. Jeder kennt einen analen Charakter, also auch Madonna. Was ist eigentlich der Unterschied zwischen Obst und Gemüse?, fragt er sich. Leute mit Thujen im Garten haben wahrscheinlich Familienmitglieder in ihrem Keller eingesperrt, denkt er sich. Er nimmt sein Moleskine-Notizbuch aus der Tasche und schreibt: „Das Kleinbürgertum hält uns in seinem Fritzlkeller."

Er schreibt sich auf: „Alles, was nicht in den engen Rahmen seines sauber eingezäunten geistigen Vorgartens passt, wird abgewehrt, wird mit einem Ekelreflex belegt wie mit einem Fluch." Das steht da. Er geht an so einem Thujengarten vorbei. Die müssen auch genau und gerade geschnitten werden. Das passt zum analen Menschen. Gerade geschnittene Thujen. In Kleinparzellen geschnitten. Wie kariertes Schulpapier im Schulheft parzelliert. Mit der gleichen Akribie, wie manche in der Volksschule schon nicht bei Schreibaufgaben über die hellblauen Kästchentrennungen hinausschreiben wollten oder vielmehr nicht drüber hinausschreiben KONNTEN. Mit genau der gleichen Genauigkeit trimmen die jetzt ihre Thujen.

Diese Hecken sind aber nicht nur hässlich, sie erfüllen auch, abgesehen vom Sichtschutz, einen Zweck, das weiß Loth jedoch nicht. Zweckhaftigkeit überzeugt ihn normalerweise, das ist bei ihm noch ein Nachhall von seiner Adolf-Loos-Lektüre, besonders dem dauernd missverstandenen *Ornament und Verbrechen*. Natürlich, eine Hecke zum Beispiel kann auch einfach Zierde sein. Zierde ist in gewissem Sinne auch ein Zweck. Die Thuje wächst schnell und dicht. Vielleicht hat sie deswegen ihren Siegeszug durch die Vorgärten angetreten. Was er nicht weiß, ist, dass die Thuje früher Medizin war, und zwar für Abtreibung. Und heute schmieren sich zum Beispiel verzweifelte Freier Thujenöl auf den Beidl, wenn sie sich Genitalwarzen eingefangen haben. Das hätte Adolf Loos wahrscheinlich auch interessiert, obwohl er sich wohl nicht um seine eignen mit hoher Wahrscheinlichkeit vorhandenen Genitalwarzen geschert hat, er hat sie nämlich eh nur an die kleinen Mädchen aus der Unterschicht weitergegeben, die er zeitlebens vergewaltigt und missbraucht hat. Aber hätte er Thujen auch schön gefunden für seinen Garten in ihrer ultimativen Zweckmäßigkeit als funktionaler Sichtschutz und freundlicher Grenzsteinsarkophag? Über Loos' Privatleben weiß Loth allerdings nichts. Und wenn doch, würde Loth darüber sagen: Sein

Kindesmissbrauch schmälert nicht sein architektonisches Genie!

Die Nachbarn trimmen ihre Thujen, je nachdem, ob sie ihre Nachbarn ärgern wollen oder nicht, zu den jeweilig relevanten Tageszeiten und mit dem jeweilig passend lauten Elektrogerät. An guten Tagen mit der Heckenschere, nur an den guten Tagen. Dabei meditieren sie über das Schneiden. Diese Achtsamkeit macht es ihnen dabei ganz flauschig um die Ohren, die Stille kann man an solchen Tagen mehr genießen als den Ärger der Nachbarn. Thujentrimmer regen sich gerne über laute Musik der Nachbarn oder generell über Freude auf. Thujentrimmer haben eher fixe Arbeitszeiten, und sie hassen diese Arbeit auch aufrichtig. Meistens sind sie müde, wenn sie heimkommen, und wollen dann eher leichte Literatur lesen oder fernsehen. Die Thujentrimmer werden außerordentlich aggressiv, wenn man ihnen ihre Erholung wegnimmt. Sie verstehen einfach nicht, dass sie ja auch einfach beim Pflichterfüllen nicht mitspielen könnten, dass sie einfach auch das freudige Durcheinander einer Nachbarschaft genießen könnten. Heiterkeit ist wie ein Spielraum voller Möglichkeiten. Seufzen ist der Stuhlgang der Seele. Dann macht Loth sich in seinem Kopf wieder lustig über seinen eigenen

Zynismus. Über seine Weltfremdheit, die ihn immer wieder überrascht und belustigt. Sprichwörter halt. Jedenfalls geht er so vorbei an den Thujenrechtecken. Alle einander recht ähnlich beinhalten sie aber jeweils unterschiedliche Skulpturen oder Pflanzenvariationen. Für jeden Geschmack was dabei. So individuell und dabei doch so gleich. Loth findet das rührend. So wie man ein eingesperrtes Meerschweinchen, das glücklich in seinem Käfig ist, rührend findet. Loth selber ist eher so der Typ: Urwald-Naturgarten mit schönen Wildblumen oder aber auch: ästhetischer 50er-Jahre-Harry-Glück-Bau mit wegbereitenden Terrassenkonstruktionen.

Am äußeren Rand der Siedlung liegt ein helles Haus mit einem penibel genau gravierten Türschild mit einer Auflistung aller Hausbewohner:

Vera
Schnappi

Direkt daneben müsste das Haus sein, in dem Nora wohnt, mit einem relativ großen Garten und einem fast fertig gestellten, blickdichten, mauerartigen Holzzaun drumherum. Loth klingelt an der Tür ohne Türschild.

Drinnen geht Nora vorbei an den frischen Schnittrosen in einer Vase, die im Blumengeschäft als „Glasskulptur“ verkauft wurde. Einfache Rosen, in orange-gelb-rot. Es sind im besten Sinne Tankstellenrosen, aber von der Geheimtipp-Rosentankstellle, von der man weiß, es gibt dort eben besonders schöne Blumen. Schon alleine vom Preis-Leistungs-Verhältnis her. Schön gerade sind die Familienfotos am Gang aufgehängt, das soll beweisen, dass es vor ihnen auch schon die Familie gegeben hat. Nora geht daran vorbei und fährt mit den Fingern über einen der oberen Bilderrahmenränder. Ihre Finger sind voll mit Staub, womit sie nicht wirklich gerechnet hat. Sie kann sich nicht erinnern, dass sie in diesem Haus schon jemals zuvor Staub gesehen hat. Weil sie verschwitzte Hände hat, reibt sie ihre Hände aneinander und erzeugt so kleine Staubnudeln, die wie die gekauften Tiefkühlmohnnudeln ausschauen. Die Mohnnudeln ihrer Kindheit waren übrigens nicht diese dicken, köstlichen, spitz zulaufenden Walzen, sondern ganz normale Fusilli (das sind die Spiralnudeln). Sie wischt sich die kleinen Staubnudeln an ihrer Hose ab, geht aufs Klo, nimmt eine Rolle Klopapier und lässt beim Waschbecken so ein bisschen Wasser drüber laufen. Sie wollte damit ein Feuchttuchimitat kreieren. Praktisch ist das aber nicht, weil sie nichts mehr runterreißen kann, sondern sich mit der Rolle als Ganzes abwischen muss. Sie fühlt sich kurz psychisch krank, weil sie so impulsiv dumme Ideen hat. Tröstet sich aber dann mit dem Gedanken, dass Mr. Bean mit genau solchen Dingen ein berühmter Mann geworden ist. Es klingelt nochmals an der Tür. Sie wischt sich ihre Hände wieder an ihrer Hose trocken und schmeißt die tröpfelnde Klopapierrolle in eine Ecke, mit dem Plan, den Hund der Nachbarin dafür verantwortlich zu machen. Der Hund ist ein super Sündenbock, weil ihr Vater Rupert ihn eh hasst. Noras Vater hasst den Hund, weil der immer wieder durch den Bunkergartenzaun kriecht, und seine Besitzerin, die Nachbarin Vera, weil die ihn offensichtlich nicht mit gebührender Strenge für sein Vergehen bestraft. Es ist nicht klar, ob er den Hund wegen der Nachbarin hasst oder die Nachbarin wegen dem Hund.

Im Haus riecht alles ein bisschen nach Lack und Kloduft, vor allem außerhalb des Klos. Die Mutter trampelt vorbei, sie riecht nach Zigaretten – für Nora der wirklich erfrischende Geruch im Haus. Dann geht die Badezimmertür zu, und man hört sie gurgeln, weil sie absurderweise denkt, dass es Rupert ist, der an der Tür geläutet hat. Er hasst es, wenn seine Frau Zigaretten raucht. Und niemand im Haus will, dass er schlechte

Laune hat. Nora geht schnell auf die Terrasse raus, damit sie sich etwaigen Stress erspart, und schaut auf ihre abgekauten Fingernägel, dann auf den Rasen. Der Papa fährt da jeden zweiten Tag mit dem Rasenmäher drüber. Damit die Halme so kurz wie möglich sind. Die Mama kommt danach mit der Schere und trimmt alle Ecken und Kanten. Wenn man sie so abschneidet und sie im vollen Saft sind und die Heckenschere ein bisschen stumpf ist, muss man ziemlich viel herumreißen dabei. Nora hört, wie ihre Mutter sie von innen ruft, aber sie steht, Gott sei dank, weit genug entfernt, um das ignorieren zu können.

Besuch

Neben der Haustüre sind zwei dieser Thujenspiralen in einem weißen Topf, der mit seinen breiten, länglichen Rillen wohl so etwas Griechisch-Antikes suggerieren soll. Wie ein Tempeleingang. Loth läutet nochmal. Die Glocke klingt wie irgendetwas Normales.

Eine ältere Person, von der Loth denkt, es ist Noras Mutter, schaut ihn müde an. Nur Leute, die sie nicht gut kennen, würden ihren Blick als müde bezeichnen. Sie ist vielmehr vom Charakter her müde. Letschert wie eine zu viel gegossene Topfpflanze. Er fragt nach Nora. „Die Nora ist im Garten, komm mit." Und er geht durchs Haus und durch die Küche und durch die höchstwahrscheinlich arschteure, geräuscharm öffnende und schließende Terrassenschiebetür. Nora ist es unendlich peinlich, dass sie Herrenbesuch bekommt. Obwohl sie natürlich weiß, dass dies kein Herrenbesuch ist, sondern Loth wahrscheinlich nur den Schlüssel fürs Gasthaus braucht wegen dem Saisonbeginn. Aber Nora weiß, dass sie trotzdem bald allerhand enorm peinliche Fragen wird beantworten müssen. Indiskrete Fragen.

Zumindest bis Rupert nach Hause kommt und sie zum Stillsein ermahnt.

Loth geht durchs Haus Richtung Garten wie durch eine Ausstellung. Er ist begeistert von den alten Dekogegenständen. Zum Beispiel diese lange, dünne Vase aus den 1990er Jahren. In die nur eine Blume passt. Er fragt sich, wie diese Vase in dieses Haus gekommen ist. Ein Geschenk? Oder ein bewusster Kauf? Hat jemand wirklich diese Vase gesehen und sich gedacht, das ist die Vase, die ich für mein Haus brauche, sie macht mein Wohnzimmer sicherlich schöner? Loth selbst hat noch nie einen Dekorationsgegenstand gekauft. Diese Vase ist so banal und hässlich, aber in diesem Kontext hier wurde sie AKTIV von jemandem kuratiert. Neben den Ratgeberbüchern. Und Sammelgegenständen.

Wie erwartet braucht Loth den Schlüssel. Sie holt ihn und gibt ihm zu verstehen, dass sie dringend den Zaun streichen muss, bevor ihr Vater nach Hause kommt, und sie ihn daher jetzt zur Tür begleiten wird. Sonst gibt es ein Problem. Loth versteht und sagt, vielleicht sehen sie sich ja bald im Gasthaus. Äußerlich ist er schockiert von der Angst, die Nora scheinbar vor ihrem Vater hat, aber innerlich ist er davon gerührt. Es gefällt ihm irgendwie, er würde es nicht wirklich als Mitleid bezeichnen, aber es ist schon etwas ähnliches. Er fühlt sich wie ein großzügiger Wohltäter und mutig, weil er sich um so etwas Normcore-mäßiges wie Nora sorgt.

Nora denkt sich, wenn man täglich von diesem Ramsch umgeben ist, vergisst man ganz, dass er da ist. Wenn Loth ihn anschaut, wird er nicht nur lebendig, sondern sie fühlt sich wie ein Konstrukt aus diesem Ramsch, weil sie ja hier lebt. Und sie fühlt sich dann neben dem Ramsch so richtig tot. Die Gegenstände sind laut und verräterisch. Die peinlichsten Utensilien hat sie noch verstecken können, aber sie realisiert gerade schmerzlich, wie schrecklich alles hier ist eigentlich. Loth hat sie durch seine Anwesenheit dafür sensibilisiert, was für ein ramschiges Leben sie hat. Die schlimmsten Ramschsachen sind die, die so unmotiviert und unauffällig herumstehen. Das sind auch die, die bei den *Liebesg'schichten und Heiratssachen* immer gefilmt wurden.

Als ob Loth ihr beim Denken zugehört hat, er so: Ich habe mich schon immer gefragt, warum die Leute bei *Liebesg'schichten und Heiratssachen* ihre Sachen nie wegräumen. Ihre Feenstatuen. Ihre staubigen Stofftiere vom vorvorletzten Liebhaber. Eines, das sie nach dem ersten Streit bekommen hat, ein Herzerl, wo „Schatzi“ draufsteht. Das sind alles Dinge, die die Leute bei sich herumstehen haben, aber nicht deppert finden. Dann fragt man sich schon, werden diese Gegenstände so abgefilmt, um die Leute lächerlich zu machen, oder ist das vielleicht sogar wirklich wichtig, um irgendeinen Partner zu finden? Ich meine, zwei Leute, denen genau der gleiche Ramsch vollkommen in Ordnung vorkommt. Das muss passen.

Nora schaut auf den Boden. Und er dreht sich um.

„Nora, du passt da gar nicht her.“

„Ich weiß eh, aber ich komm nicht raus.“ Sie sagt nicht, dass sie glaubt, dass alles an diesem Haus sie genau definiert oder zumindest für immer an ihr picken bleiben wird wie Klopapier an den Fingern, wenn man es zum Händeabtrocknen verwendet. Sie kann so tun, als ob das nicht so wäre, und die Leute würden ihr das vielleicht auch glauben. Aber in Wirklichkeit ist es genau das, was sie glaubt, wie sie ist. Es wurde ihr sozusagen eingeprügelt.

„Aber du musst da raus“, sagt der Loth. Und die Nora schaut auf den Boden. Es stimmt eh, denkt sie sich. Sie kann halt Loth keine Alternative bieten. Keine Freunde, kein gemütliches Nest, keine immerwährende Schönheit, keine Sicherheit, keinen guten Geschmack, keinen Status und auch keine Stabilität.

Nora sperrt hinter ihm zweimal die Haustür zu und träumt dann den ganzen Tag von ihm.

Heimkehr

Zweimal dreht Rupert den Schlüssel in der Haustür wieder zurück um.

Rupert findet Nora im Garten, packt die Hand seiner Tochter und reißt sie in ihr Sichtfeld. Verschwörerisch schaut er sie an: „Das ist die Hand, die das Erbgut von hunderten Generationen repräsentiert, und du nagst einfach dran herum. Außerdem müssen wir den Zaun streichen, und ich will nicht, dass der Zaun Blutflecken von dir bekommt. Dabei ist das Streichen wichtig", sagt er ihr, immer noch die Hand haltend: Ohne ausreichenden Schutz würde der Zaun nach und nach verrotten. Auch wer sein Holz für den Zaun neu aus dem Baumarkt kaufe, komme um einen Anstrich nicht herum. Das dort verfügbare Holz sei in der Regel kesseldruckimprägniert und verfüge so über einen Basisschutz. Für eine Farbgebung oder erweiterten Holzschutz seien dann aber dennoch weitere Maßnahmen nötig. Sie weiß, er hat recht. Die Nora hatte den Zaun einmal nicht gründlich abgeschliffen, und dann ist der ganze Lack abgeblättert. All die Arbeit umsonst. Sie kennt sich also schon sehr gut aus mit Mikrosprengungen im Zaun. Gerne hätte sie mal eine Makrosprengung im Zaun verursacht, aber das traut sie sich kaum zu denken.

Sie hofft, dass Rupert bemerkt, dass die Mama eine Zigarette geraucht hat, um von ihrem Versagen am Zaun abzulenken. Und immerhin, Schnappi, der Nachbarshund, der nur noch ca. eine Stunde zu leben hat, ist wieder irgendwie in den Garten eingedrungen und hat seinen zukünftigen Mörder mit herzzerreißender Unterwürfigkeit begrüßt.

Rupert macht der hundeförmige Einbrecher wahnsinnig. Sein Zaun, einer der intaktesten der Nachbarschaft, weist offenbar irgendwo immer noch eine undichte Stelle auf. Rupert braucht aber den besten Zaun weit und breit. In dem es keinen kleinen Riss im Lack gibt und keine Pollenkugeln, über die man einfach drüberstreicht mit dem Ergebnis, dass man einen genoppten Zaun hat. Niemand braucht einen genoppten Zaun. Rupert hatte mal ein paar genoppte Zaunlatten, weil Nora die Pollen nicht vom Zaun gewischt hat, bevor sie mit der Farbe drüber gegangen ist.

Ordnen und instand halten. Erst wenn alles an seinem Platz ist, herrscht Harmonie. Auch IM Haus ist das wichtig. Auch dort, wo man es nicht sieht. Ein Haus ist wie ein Mikrokosmos, den man der Natur zum Trotz irgendwo hinstellt, wo er eigentlich nicht sein soll. Unsere Zivilisation kann nur dann funktionieren, wenn wir da, wo wir die Häuser hineinstellen, die Natur nachahmen. Nach den ewigen Gesetzen. Draußen machen das die Natur und das Unendliche und alles, was es verkörpert in seiner perfekten Harmonie, und drinnen ich. Wenn etwas richtig läuft, dann läuft es ohne große Reibungen, produktiv und fruchtbar. Nach den immerwährenden Gesetzen, denen sich auch das Haus unterwirft. Und diesen Gesetzen sollten sich selbstverständlich auch Hunde unterwerfen!

Er verlangt nicht viel, aber die Ordnung aufrechtzuerhalten, das ist eine Frage des Respektes. Auch vor sich selbst. Und Respekt kann man nicht einfordern müssen, weil dann ist er nicht echt. Die anderen können nicht immer nur nehmen, nehmen, nehmen. Und er gibt und gibt und gibt. Gewisse Dinge sollten einfach selbstverständlich sein. Der Anstand in den anderen drinnen sollte zum Beispiel selbstverständlich bewirken, dass man sein Haustier nicht unkontrolliert seine Nachbarn belästigen lässt, weil man es verwöhnen muss, weil man z.B. eine kinderlose, gescheiterte Frau ist, denkt sich Rupert.

Rupert zischt von der Rasenmäher-Garage rüber zu Nora: „Nimm deine Finger aus dem Mund." Eine Verstümmelung, Verkrüppelung, ein erheblicher Mangel eines Organs gibt häufig die Veranlassung dazu, dass ein anderes Organ sich ungewöhnlich gut entwickelt, weil es zusätzlich zu seiner eigenen Funktion noch eine andere zu erfüllen hat. Hieraus ist der Ursprung manch glänzender Begabung zu erraten – aus diesen allgemeinen Andeutungen über die Entstehung des Genius mache man die Anwendung auf den speziellen Fall, die Entstehung des vollkommenen Freigeistes. Wahrscheinlich verstümmelt sich die Nora in der Hoffnung, es wächst endlich was Vernünftiges nach. Nora tut sich schwer damit, im Rahmen dieses Zuhauses irgendetwas zu entwickeln, weil es in diesem Weltbild für sie keinen Platz gibt und sie daher einfach nur im Weg sein kann. Immer, wenn sie etwas gefunden hat, an dem sie sich festmachen könnte, nimmt es ihr sofort jemand wieder weg. Immer wenn ihr etwas einfällt, wird sie unterbrochen.

Die Zaunfasern sind ausgetrocknet, Nora streicht gegen den Strich von früher, damit sich alles regelmäßig ansaugen kann, gleichmäßig weiß wird und in einigen Jahren wieder abblättert, beginnend an den Stellen, wo, egal wie sehr sie glaubt, sie regelmäßig und wasserundurchlässig gestrichen zu haben, in mehreren Jahren die Farbe an den Schwachstellen wieder abblättern und sich das Holz drunter wieder mit Wasser ansaugen und sich dann die Farbe noch weiter abschälen wird. Weil die Natur offensichtlich gestrichene Zäune hasst. Nora fühlt sich in diesem Punkt eins mit der Natur, auch wenn sie die Natur in Wirklichkeit genauso hasst wie die diesen Zaun, nur sind die Motive für den Hass vielleicht recht unterschiedlich.

Rupert setzt sich auf seinen Rasenmäher und fährt das Gras kurz und klein. Dabei fixiert er seinen Blick auf den Holzzaun. In seinem Kopf rotieren Gedanken wie: Holz ist sehr anfällig für Abnützungserscheinungen und muss deshalb regelmäßig gepflegt werden. Der Zaun muss ganz glatt sein. Kein Lack darf abblättern. Über das Abblättern gelangt Feuchtigkeit in den Holzkern. Im Winter besonders fatal: Die Nässe im Tauwetter gefriert – zum Beispiel über Nacht. In der Nacht wird es ja bekanntlich kälter. Und wenn Wasser gefriert, dehnt es sich bekanntlich aus. Das Resultat: lauter kleine Minisprengungen, die das Holz oberflächlich zerfetzen, für das freie Auge kaum erkennbar. Rupert betätigt energisch die Gangschaltung und setzt die Ohrenschoner auf und seine verspiegelte Brille.

Bellen

Vera ist gegen Gewalt an Menschen und vor allem gegen Gewalt an Tieren. Deshalb nimmt sie sich auch nicht das Recht heraus, einen Hund nach ihren Vorstellungen hin abzurichten. Sie hat generell Schwierigkeiten damit, herauszufinden, wo andere anfangen und wo sie selbst aufhört. Disharmonie ist für sie schwer zu verkraften, weil sie sich eigentlich schon immer für die schlechte Laune anderer verantwortlich gefühlt hat, weil sie einfach auch immer für die Launen anderer verantwortlich gemacht WURDE. Und es gab Watschen und Tritte, wenn sie ihren vagen, nie ausgesprochenen, sich dauernd ändernden Verpflichtungen nicht nachgekommen ist. Alle ihre erwachsenen Bezugspersonen waren wie Babys. Es war, als müsste sie die Bedürfnisse dieser Babys ständig richtig erraten, aber wenn sie die Bedürfnisse übersehen oder sich falsch verhalten hat, gab es Beschimpfungen und Watschen. Sie hat immer gewusst, dass sie diese hirnlose Gewalt nicht verdient hat. Ihr war auch immer bewusst, dass die Erwachsenen einfach keine Kontrolle haben über ihre Emotionen, eben wie Babys. Aber es hat sie trotzdem fertig gemacht. Da es undenkbar war, ausbildungs- oder jobmäßig ihre Situation örtlich zu verlassen, hat sie sich früh verheiratet. Und hat dadurch eine ganz neue Einsamkeit kennengelernt. In dieser Ehe hatte sie das Gefühl, angekommen zu sein. Aber im Negativen, wie eine schlechte Kopie neben einem Meisterwerk. Und bis heute denkt sie, dass sie es aus Überlegenheit so lange bis zur Scheidung ausgehalten hat. Aber es waren eher Stolz und Eitelkeit, die beiden Haupttriebfedern von fertigen Leuten. Diese Eigenschaften hat sie kultiviert, ohne zu wissen, dass diese Eigenschaften sie für Eltern, Kollegen, Freundinnen, Nachbarn, also generell für die Gesellschaft, hassenswert machen. Aber auch diesen Hass hat sie irgendwie gut ausgehalten, weil die ganze Gewalt hat ihr ein ganz tiefes Bewusstsein dafür gegeben, dass Leute sich an ihr abreagieren werden und dass das normal und gut so ist. Weil sie es kann.

Auch deswegen machen sie soziale Interaktionen immer ein bisschen müde. Immer dieses Abwarten, wann die emotionale Watsche endlich kommt, und sich darauf rechtzeitig gefasst machen, ist halt anstrengend. Entspannen kann sie fast nur, wenn Schnappi dabei ist. Weil sie ein Mensch ist und Schnappi ein Schäferhund, muss sich Vera bei Schnappi nicht um Abgrenzung kümmern. Sie musste sich nicht um Einsamkeit sorgen. Ein Hund kann nicht mobben, nicht zynisch sein oder ironisch, kann nicht besser, schöner oder glücklicher sein als sie. Schnappi gibt ihr bedingungslos, was ihr andere Leute nicht geben. Die besten und gütigsten Lebewesen der Welt sind für sie Hunde und Michael Jackson.

Vera lehnt autoritäre Hundeerziehung komplett ab, sie ist für eine radikale Form von Gleichgültigkeit und Zuwendung. Körperliche Gewalt wird als Erziehungsmittel heutzutage nicht einmal mehr bei Kindern eingesetzt. Das Leben ist sozial brutal für die meisten, aber nicht körperlich. Es ist brutal darin, was Lebewesen an Druck und Belastung aushalten müssen. Arbeiten müssen. Was man körperlich aushalten muss, im Sinne von körperlicher Arbeit, wird auch am Land immer weniger; wegen der Berggentrifikation. Also die Berufe haben sich gewandelt von Rohstoffgewinnung und -verarbeitung hin zu Dienstleistungen, insbesondere auf Tourismus bezogene Dienstleistungen. Und die Leute haben sich entschieden, dass das Leben am Land doch einiges bietet. Zum Beispiel kann man immer spazieren gehen in einer globalen Pandemie. Und man hat viel mehr Platz, und es ist viel mehr Natur drumherum. Also auch sehr urbane, eher junge Leute. Irgendwelche Ortschaften wundern sich dann kurz, warum sich irgendein Kollektiv dazu entschieden hat, ausgerechnet in ihrer Gegend zu wohnen oder aktuell zum Beispiel ein Gasthaus zu übernehmen und zu renovieren. Aber irgendwie sind alle auch froh, und die anderen Gemeinden sind neidisch und machen dann auch irgendwelche Initiativen, um solche Leute dauerhaft anzusiedeln, aber sie bekommen doch nur verhasste Nebenwohnsitzler und Urlauber.

Um attraktiv zu sein, jedenfalls für potenzielle Siedler oder zur Not auch Urlauber, wurden die Leute nach außen hin weniger brutal. Der Bauernhof, speziell der Bergbauernhof, hat bis zur Industrialisierung MINDESTENS alle Leute, die nicht von frühester Kindheit an gewohnt waren, körperlich von Menschen, der Natur oder Arbeitsvorgängen geschunden zu werden, sofort gebrochen. Sie haben jeden in den Suizid getrieben, der die Brutalität nicht dankbar über sich ergehen ließ. Wehleidigkeit wurde nicht toleriert, weil andere schänden ihren Körper und ihre Willenskraft für dich und dein Butterbrot, deine Strohmatratze und deine Petroleumlampe, und du hast absolut keinen Anspruch auf Sonderbehandlung, weil niemand ihn hat. Du bist Teil eines Systems, das viel zu komplex und feingliedrig ist, als dass es auf Einzelne Rücksicht nehmen könnte. Es muss für alle gleich wenig da sein, sonst gerät das System aus den Fugen, und dann verhungern und erfrieren wir alle, wir werden alle krank und wahnsinnig und die Jüngsten holt der Krampus dann. Das geht so: Nachdem es mit der Weidenrute den Orsch zuerst rot, dann weiß und dann wieder rot geschlagen bekommen hat, wird das Kind in den Buckelsack gesteckt und im Winter ohne Jacke weggetragen. Weit weg von Mama und Papa. Das Kind wollte eigentlich immer weg von Mama und Papa, aber es weint bitterlich im Dämmerlicht, das im Winter brutal hellblau ist, und immer wenn Tauwetter ist, wie heute, hört man überall Wasser hinuntertropfen, und man sieht in den Schneedecken große, schwarze Löcher. Es riecht nach Holz und nach dem Schaffell des Krampuskostüms und nach der Schnapsfahne der Männer unter dem Kostüm. Das Kind weint leise und heimlich, weil es die Krampusse nicht noch mehr verärgern will, und daraufhin vergessen sie, das Kind irgendwo in der Nähe von zu Hause hinauszulassen. Und sie tragen es von Bauernhof zu Bauernhof, bis es irgendwann nicht mehr im Buckelsack ist. Es ist kühl geworden, aber nicht so kalt, dass es das Kind nicht mehr heim schaffen könnte.

Die Füße schmerzen vor Kälte, und die Mundwinkel sind offen, weil Rotz und Tränen, die vor lauter subtiler Unterernährung offenen Mundwinkel noch zusätzlich gereizt hat. Die Haustüren sind schon alle zugesperrt, und das Kind schämt sich. Es findet ein offenes Fenster und klettert hinein. Damit es die Eltern nicht verärgert, schleicht es sich ins Badezimmer leise und putzt die Füße ab. Dann stellt es seinen Wecker für den nächsten Tag und schwört sich, von heute an gehorsamer und braver zu sein.

Je brutaler ein Mensch seit Kindestagen von den Leuten gefoltert wurde, von denen er am meisten abhängig war, desto smoother kann er als Erwachsener leben. Wer nicht brutal ist, schwächt die Gemeinschaft, die von extremen Abhängigkeiten geprägt ist, von denen man behauptet, sie kommen daher, weil der Mensch auch von der Natur extrem abhängig ist und somit sind es auch die Leute untereinander. Es ist keine erfundene und kultivierte soziale Abhängigkeit, sondern sie ist eingewachsen in die Gehirne und Herzen. Mit Efeu umrankt und von Pilzen und Schwammerl durchdrungen auf gleich geheimnisvolle Art wie der Waldboden. Das Menschengewebe durchtränkt damit, wie ein Garagenboden von Motoröl. Alles in Einklang mit den Arbeitsabläufen und sozialen Gefügen. Nur vielleicht die Seele bleibt besetzt von Herrn Christus, unsrem Herrn, der uns gesegnet hat mit der Schuld, mit der Nächstenliebe und dem daraus direkt resultierenden Hochstaplersyndrom.

Anastasia hat Vera in der ganzheitlichen Hundeschule kennengelernt. Sie ist dort Hundetrainerin und hat Vera gleich nach der ersten Trainingseinheit gesagt, dass Schnappi ein hochbegabter Hund ist. Etwas Besonderes. Anastasia arbeitet nach dem Grundsatz, dass Tiere besser sind als Menschen und man sie deswegen auch vorsichtiger und besser behandeln soll. Anastasias Lebensphilosophie lautet zusammengefasst: Alles, was nicht positiv ist, gehört vernichtet. Also MUSS man das Positive sehen in Mensch und Tier. Dann erkennt man klar: Tiere sind einfach besser. Tiere sehen nämlich automatisch das Gute in uns allen. Weil als Mensch sieht man sich selber immer als gut und seine Intentionen immer als rein und edel. Der Hund stimmt dabei einfach nur zu, indem er nichts dagegen sagen kann. Hunde sind in der Hinsicht noch besser als Babys, was viele Leute bestätigen konnten, die sich aufgrund falscher Erwartungen ein Baby angeschafft haben.

Hunde reagieren besser als Menschen auf alternative Medizin, sagt Anastasia. Sie sagt, dass Hunde eigentlich VIEL BESSER sowohl auf Bachblüten als auch auf Homöopathie anspringen, weil sie durch ihre intuitive Art enger verbunden sind mit ihren Bedürfnissen und vor allem sind Hunde weniger entfremdet von der Natur. Und das führt logischerweise zur effektiveren Heilung mit Naturmedizin. Anastasia sagt, dass man, wenn man besonders authentisch ist, eben näher bei der Natur ist, und dann greift natürlich auch Homöopathie schneller. Allerdings ist die Anamnese bei einem Tier schwieriger, weil es ja nicht reden kann. Man erfährt

also nicht genau, wo es ihm weh tut und was ihm genau fehlt, wenn man kein Medium ist, das diese feinstofflichen Naturveräderungen im Tier direkt oder in dessen Aura wahrnehmen kann. Und Anastasia kann das.

Rupert wurde heute suspendiert und wird in Zukunft mit hoher Wahrscheinlichkeit frühpensioniert, weil man heutzutage nicht mehr galant sein und keine Komplimente mehr machen darf. Er hat gleich beim Eintreten in das Haus mit voller Wucht realisiert, dass er gerade zum letzten Mal von der Arbeit heimgekommen ist, bestimmt nur weil eine junge Kollegin auf seinen Posten spekuliert. Man kann alles absichtlich falsch verstehen, wenn man will. Er setzt sich seine verspiegelte Sportbrille auf und stopft sich die mit Schmalz verschmierten Kopfhörer so weit wie möglich ins Ohr. Er hört Gigi D'Agostino, was ihm normalerweise zu prollig wäre, aber heute geht's. Ein Rasentraktor ist im Prinzip wie ein Autodrom, das rasenmähen kann. Nirgends kann Rupert so sehr er selbst sein wie auf seinem Husqvarna Rider R 214TC inkl. Combi Mähdeck 94. Rupert geht wortlos hinaus in den Garten und mäht und mäht. Zurückversetzt in schlaflose Mario-Kart-Nächte im Mömax-Jugendzimmer. Zurückversetzt in den Kirtag als Kind, voll auf Zucker und Adrenalin.

Das Nächste, was Vera mitbekommt, ist, dass Schnappi schwer verletzt im Gras liegt. Gott sei dank kommt Anastasia sofort vorbei, kann aber in diesem Fall auch nichts mehr für das Tier machen. Zu einem vergünstigten Sonderpreis tut Anastasia, was machbar ist, um Schnappi einen möglichst erfüllten Tod zu schenken: Reiki. Anastasia macht bei Schnappi Sterbebegleitung mittels Handauflegen.

Der Tod von Schnappi hat Vera in ein tiefes Loch fallen lassen. Aber sie hat sich, um das zu bewältigen, mit Anastasias multidimensionalem Ansatz für Trauerbewältigung befasst. Dieser Ansatz ist sein Geld tausendmal wert, denn Vera hat bemerkt, wie ihre sozialen Hemmnisse durch diese Heilpraktiken weniger werden. Nicht unbedingt, weil die Praktiken an ihr ausgeführt würden, sondern weil sie über Befürchtungen, Sorgen und Ängste, seien sie auch noch so diffus, reden kann, indem sie sie als „Energien“ beschreibt. Diese kommen meistens von außen und beeinflussen sie. Also die werden zum Beispiel von Personen und Tieren in ihrer Umgebung ausgestrahlt, und sie empfängt sie eben. Und das ist nicht schlecht! Im Gegenteil: Das ist eine GABE! Je empfindlicher, desto besser!

Für Vera ist mit dem Ausleben dieser Weltanschauung eine riesige Last von den Schultern gefallen. Sie kann jetzt über ihren Stress, über ihre Ängste sprechen, ohne dass sie diese erdrückende Scham fühlt. Ohne dass sie sich entschuldigen will.

Nach vielen Gesprächen und viel „Hinspüren“ hat Vera beschlossen, mit Anastasia einen Ausflug in die Berge zu machen und dort eventuell auch bei ihrem mehrtägigen Seminar mitzumachen. Der Wald und die Berge sind heilend. Die fehlende Handystrahlung und gesunde Ernährung und die Natur sind entgiftend, und wenn die Leute erst mal das ganze Gift in sich los sind, müssen sie nie wieder Schmerzen spüren.

Frequenz

Der hellgraue, fast weiße Asphalt blendet Vera. Warum sind diese hochalpinen Straßen so oft so hell und grobkörnig im Vergleich zu den dunkelgrauen Stadtstraßen? Sie schließt die Augen und atmet tief ein. Ihre Augen jucken, und ihr Rücken krümmt sich. Die Sonne brennt im Nacken, die Insekte verursachen einen anarchischen Tinnitus. Wenn sie es am wenigsten erwartet, brummt ein nie zuvor gehörtes Insektengeräusch unmittelbar an ihrem Ohr vorbei. Das verhindert, dass sie in einen gleichmäßigen Schritt-Atem-Rhythmus verfällt. Ihre Füße überkreuzen sich ständig. Sie muss sich so auf ihre Schritte konzentrieren, dass sie vergisst, ausreichend zu trinken. Anastasia geht gleichmäßig vor ihr und erklärt allerhand zu den (Heil-)Pflanzen und Tieren ringsum, während die Gruppe sich kontinuierlich bei jeder Wegabzweigung bergwärts vergrößert. Kurz bevor sie den Wanderweg in den Wald einschlagen, erzählt Anastasia: „Kräuter sind in den Alpen viel wohlriechender als in den Tälern. Selbst diejenigen, die anderswo nach wenig oder nichts riechen, haben in den Alpen einen angenehmen, saftigen Geruch, wie die Trollblume, die

Aurikeln, Ranunkeln und Küchen-Scharnellen." Alle atmen tief ein, aber niemand riecht Blumen, sondern es steigt ein Geruch in die Nase, der an altes Frittierfett und durchgeschwitztes Turnleiberl erinnert. Es riecht nach Kopfweh.

Anastasia sagt, viel vom Kräuterwissen sei ja verloren gegangen wegen den Hexenverbrennungen. Sie gehen an einer Dampfwalze vorbei. Anastasia weist alle darauf hin, dass die Wiese blüht und extrem viele geheimnisvolle Kräuter, Wurzeln und Blüten bietet. Vera versteht, dass der Geruch vorhin von einer Asphaltierungsmaschine gekommen ist. Es wird auch hier dunkelgrau. Anastasia ignoriert das.

Die meisten aus der Wandergruppe können sich mit den Hexen identifizieren. Mit diesen mutigen, weisen Leuten, mit diesen Opfern. Sie fühlen sich wie die Töchter und Söhne der Hexen, die sie nicht verbrennen konnten. Diese Opfernähe gibt ihnen das Gefühl, dass sie auserwählt sind. Götter, Heiler, Lichtwesen, Übermenschen. Aber dabei auch gleichzeitig permanent Opfer, das schafft eine Verbundenheit. Das lässt sie eine Stärke spüren, die sehr nah verwandt ist mit einer verbotenen Wut, weil andere, weniger spirituelle oder gute

Menschen gleich viel oder vielleicht sogar mehr Glück vom Leben bekommen als sie selbst. Mehr Liebe, mehr Geld, mehr Schönheit, mehr Mut. Ist das eine kosmische Ungerechtigkeit? Der Kosmos und die Natur sind eigentlich die Wahrheit an sich, also kann es sich höchstens um einen kosmischen Irrtum handeln. Etwas, das sich ganz von selbst aufhebt, wenn man authentisch lebt und das Leben in Liebe kultiviert. Den Hass und den Neid müssen wir draußen lassen und uns damit nicht die Seele verderben, heißt es dann.

Anastasia sagt, wenn man als Mensch selbst aufrichtig authentisch sein will, brauche man dazu einen authentischen Ort, an dem man authentisch sein kann. Es gebe kein erlöstes Leben im systemtreuen Leben. Arndorf sei ein solcher authentischer Ort, ein spezieller Kraftort.

Sie biegen in einen Waldweg ein. Es riecht nach schimmligem Keller, obwohl der Wald so elegant aussieht. Manchmal weht eine Wolke aus Verwesung vorbei. Die verschiedenen Landschaftsformen ziehen wie ihre Trauer an Vera vorbei. Manchmal intensiv, manchmal unaufdringlich. Wie sich Wut und Traurigkeit und Beklemmung ablösen, so lösen sich Pflanzenformen, Gerüche und Geräusche schubweise ab. Vera fragt nicht nach, sondern geht einfach mit und lässt alles so sein, wie es ist.

An einem älteren, längs anscheinend halbierten Heuschupfen aus den 1950er Jahren hängt ein Schild mit der Aufschrift „Klanghaus“. Anastasia stellt sich davor und gestikuliert begeistert. Im Halbhaus hängen ein paar pseudoasiatische Gongs und ein riesiges Windspiel, und in der Raummitte steht ein Gebilde aus Holz, ein „natürlicher Lautsprecher“, sagt Anastasia. Er schaut einfach nur aus wie so ein normales Höhrrohr oder wie das heißt, wie man es zum Beispiel aus Donald Duck kennt. Daneben stehen ein paar Klangschalen, die mit Unrat vom Waldboden befüllt wurden, wahrscheinlich waren da Kinder am Werk. Anastasia leert sie aus und erzählt dabei, dass sie selbst eine Ausbildung hat zur Klangschalenmassagetherapeutin samt Zertifikat. Sie erzählt, dass ihr Meister diese Schalen an die Gemeinde gespendet hat, und daraus ist dann das Klanghaus und in weiterer Folge dieser „Wanderweg der Sinne“ entstanden. Erst durch diese Spende ihres Meisters ist sie überhaupt auf Arndorf gestoßen, das war wohl eines der allerwichtigsten Dinge, die ihr jemals in ihrem Leben „begegnet“ sind. Anastasia „begegnet“ alles im Leben nämlich. Und alles, was ihr so „begegnet“, hat auch einen Sinn.

Sinn ist für Anastasia gleichbedeutend mit ZWECK und somit auch irgendwie eine Form von Profit. Und wer den Sinn und damit den Profit sofort erkennen können will, der muss Spiritualität haben. Eine funktionierende Spiritualität ist wie eine Profitmaschine. Alles, was ihr so passiert, jede Person, die sie kennenlernt, jede Geschlechtskrankheit bringt sie weiter im Leben!

Die Spiritualität ist ihr erst später im Leben begegnet. Früher war Anastasia Kosmetikverkäuferin für Produkte, die exklusiv nur bei autorisierten Verkäuferinnen erhältlich waren. So circa wie bei Herbal-Lem und Tupperware. Sie verkaufte online Kosmetika, und weil Anastasia Talent hat, später auch Düfte und Leggins. Hauptsächlich Waren und Marken, die man exklusiv über Freunde vertreiben konnte. Vor allem über Social-Media-Kanäle. Also wie Tupperpartys, nur online. Einfach auf Social Media. Also wie eine Urform der Influencerin. Nur steht dabei nicht unbedingt das Produkt im Vordergrund, sondern es geht darum, neue Verkäuferinnen zu generieren. Diese müssen sich ja, damit sie starten können, erstmal die Produkte anschaffen oder vielleicht sogar irgendwelche Schulungen bezahlen oder was auch immer der Firma einfällt, um Geld von den Neuen zu bekommen.

Anastasia kann auch bei so abstrakten Themen auf eine breitere Zielgruppe unauffällig, aber bedingungslos sympathisch und vertrauenerweckend wirken. Das liegt in ihrer Natur. Anastasia war eine der Ersten, die das Internet-MLM (Multi-Level-Marketing) zu sich in ihren Heimatort gebracht hat. Vom Verkaufsprinzip hat sich keiner abgeschreckt gefühlt, weil alle im Bezirk mit Tupperware schon ausreichend gegroomt wurden.

Insgesamt hat sich schließlich alles zu einem Netzwerk der gegenseitigen Abhängigkeit herausgebildet. Jeder darin trägt eine gewisse Verantwortung: die Verantwortung, andere da reingezogen zu haben. Und davor die Verantwortung vor sich selbst, die Produktversprechen ohne Vorbehalte und Nachfragen zu glauben oder eigentlich fast sich einzureden, die zu glauben. Paradoxer Weise müssen sie aber gerade deswegen weitermachen damit. Und sich ihre eigenen Illusionen über Reichtum, schöne Haut und Leggins, die einen extrem geilen Arsch machen – vor allem aber Reichtum und COMMUNITY –, weiter vorleben, damit dieses ganze Netzwerk es sich selbst glauben kann. Für Anastasia war das Verkaufen nicht so das große Problem, sie musste es ja auch nicht, weil sie hat genug Freundinnen für diverse Firmen rekrutiert und damit einen gesicherten Status.

Das hat ihr den Hass diverser Ehepartner eingebracht, warum auch immer. Das Rekrutieren war für Anastasia aber nie schwierig, weil sie ist mit ihrem Mann aus einer größeren Stadt in die Provinz gezogen ist und konnte dort aus einem jungfräulichen Pool von Rekrutinnen schöpfen. Schnell gab es eine unausgesprochene Verbrüderung, die auf dem leichten Schuldgefühl beruht, das sich daraus ergibt, dass man sich gegenseitig in einem Schneeballsystem verarscht. Es ist ein Netzwerk, das aus Schuld und Wunschdenken gesponnen wird. Der Wunsch, auszubrechen aus dem Schlafzimmer, dem Wohnbereich, der Wohneinheit, der Wohnparzelle, der Ortschaft, dem Bezirk, dem Internet. Aus allem, was man sich irgendwie anders vorgestellt hat. Man hat es sich ein bisschen schöner, ein bisschen sauberer und vor allem ein bisschen liebevoller vorgestellt, aber für eine Frau im späten mittleren Alter gibt es nun mal keine besonders liebevolle Grundhaltung im Ort, der Region, auf dem Kontinent, im Internet, zu Hause. Ist das alles too big to fail?

Anastasia weiß, dass es nicht die Produkte sind oder gar die Qualität der Produkte. Sie hat ganz unterschiedliche vertrieben. Das Geschäft steht und fällt damit, Selbstvertrauen zu wecken in den Leuten und sie dazu zu bringen, ihr Leben „in die Hand zu nehmen“. Das hat aber auch Anastasia selbst nicht unbeeinflusst gelassen. Sie hat bemerkt, dass sie diese Verkäufe gar nicht braucht in ihrem Leben. Die Produkte nicht braucht in ihrem Leben, weil sie Leute SEHEN kann, sie ERREICHEN und ihr Leben verändern kann.

Anastasia hat lange als positives Beispiel gegolten, als Erfolgsstory. Der Erfolg, und das Versprechen von Erfolg, ist so ein mächtiges Märchen. Und lebende Beispiele, die diese Geschichten verkörpern, sind wie Leuchttürme. Sie sind wie Heilige. Sie sind Mentoren, und der Erfolg ist unser Himmel. Was uns Erfolg bringt, ist: Geld. Und in ihren motivierenden Postings können sie dann Dinge schreiben wie:

Du bist schön
Du kannst alles schaffen
Du bist genug
Du bist dein eigener Traum

Und die Leute finden das ermutigend. Sie fühlen sich akzeptiert, die ganz Einfältigen fühlen sich geliebt. Endlich bekommen sie ihre Chance, die sie sich verdienten, indem sie sich lange Zeit zurückgenommen haben. Das

Leben schuldet ihnen eine Belohnung, finden sie. Deshalb glauben sie auch daran, dass ihnen auf einmal etwas Gutes passieren wird. Aber in Wirklichkeit sind sie in dem Moment, in dem sie diese Sinnsprüche lesen, Unterworfene. Sie fühlen sich zwar GESEHEN und ANERKANNT, aber in Wirklichkeit wurden sie in dem Moment, in dem sie das gelesen und auf sich selbst angewendet haben, abgewertet. Wenn dir jemand solche Sprüche schreibt, dann nimmt diese Person nämlich an, dass du Grund zum Anlass hast, dich nicht schön oder schlau oder fähig genug zu fühlen, um selbst irgendetwas Glamouröses auf die Beine zu stellen. Sie sehen deine Unsicherheit, deine Unbeholfenheit, deine Verzweiflung und deinen Geltungsdrang. In Wirklichkeit ist es nichts als Arroganz und Abfälligkeit, wenn sie dich Genie nennen oder Meisterin oder Magierin, sowas in die Richtung. Sie wollen dir schmeicheln und dich ausnutzen, aber das ist so schwer zu erkennen, weil sich dein fragiles Ego so nach Lob sehnt. Leute fühlen sich, wenn sie so gelobt werden, nicht verarscht, sondern stattdessen tatsächlich erhaben, wenn ihnen irgendeine scheiß erfolgreiche Person oder eine random Firma Ermutigungen auf irgendwelche Bildschirme spült. Obwohl diese Person oder Firma offensichtlich denkt, dass DU ein OPFER bist und das selber auch weißt. Weil du sonst nicht auf diese Sprüche anspringen würdest, die dir erzählen, dass du eben kein Opfer, sondern ursuper und ganz besonders bist. Alles, was sie machen, ist, dich wie so ein Schmerzmittel gegen Minderwertigkeitsgefühle langsam abhängig zu machen von dieser unpersönlichen und kurzfristigen Medikation. Diese lenkt aber nur kurzfristig davon ab, dass du dich einfach immer drauf konzentriert hast, ein möglichst normales und angepasstes Leben zu führen, von allen gefeiert und geliebt, ohne dich wirklich zu fragen, welche Konsequenzen das wirklich für dein Wohlbefinden hat, wenn du deine Minderwertigkeitsgefühle nicht in Würde ertragen kannst.

Anfällig für Schmeicheleien sind vor allem solche Leute, die eben nicht seit ihrer Kindheit darauf getrimmt wurden, ihre Umgebung selbst zu gestalten, sondern eher, sich der Umgebung und den Wünschen von Autoritätspersonen anzupassen. Das hat sie aber auch für immer passiv-aggressiv zurückgelassen. Das ist jetzt keine große Tragödie, aber sie haben dadurch einfach nicht das Mindset, sich ein Leben zu bauen, das, nachdem sie alle erforderlichen Stationen (Ausbildung, Mann, Kinder, Wohnraum) in der erforderlichen Zeit (bis ca. 32 Jahre, Maximum) erreicht haben, gleichzeitig extrem überfüllt mit Aufgaben und Verpflichtungen und auch langweilig, sinnentleert und einsam wird. Dazu kommt dann noch vielleicht Essen aus Langeweile, dann Schuldgefühle, weil sie der Mann betrügt (was man eh nicht wahrhaben will, also passiert es eigentlich irgendwie eh nicht). Außerdem noch, dass man dauernd subtile Geldsorgen hat, weil Kinder und Prestige insbesondere in Kombination unerwartet viel kosten. Passt man sich den entsprechenden Wünschen und Vorstellungen nicht an, wird man mit Liebesentzug und Isolation aus der Dorftratschgemeinschaft bis hin zum Attestieren von Verrücktheit bestraft, weil alle in diesem passiv-aggressiven Teufelskreis gefangen und gleichzeitig abhängig voneinander sind.

Anastasia wurde von diesem Mikrokosmos nicht komplett eingesaugt. Einige ihrer Verkäuferinnen haben sich in ihrer Kommunikation immer mehr auf die Verfehlungen von anderen, auf unvorteilhafte Fotos, exponierende Postings, lautes Gehabe, fehlende Höflichkeiten, vermeintliche Gemeinheiten von anderen fokussiert. Also gelästert, aber weil man ja eigentlich nicht lästert, wurde immer hervorgehoben, dass man das Lästerobjekt eh mag eigentlich, dass man es im Grunde voll gern hat, vielleicht dass man sich auch ein bisschen

Sorgen macht, aber man muss es nicht unbedingt überall dabeihaben. Das macht halt einfach keinen Spaß, wenn es immer dabei ist und stört. Mehrdeutige Aussagen des Lästerobjekts wurden auf die ungünstigste Variante zurechtgedeutet. Wer sich wehrte gegen diese Geringschätzungen und Ausschlussverfahren, wurde als Gefährderin für die Harmonie und Liebe in der solidarisch (passiv-aggressiven) Gemeinschaft hingestellt und wurde als nächstes ausgeschlossen. Ein soziales Hunger Games irgendwie. Anastasia beobachtete das genau, weil sie wissen wollte, welche Ziele dabei eigentlich verfolgt wurden. Nur selten ging es um Geld und Einfluss, das konnte sie dann immer nachvollziehen und in Einzelfällen richtiggehend bewundern. Weniger bewundert sie es, wenn gemobbt wird, weil man sonst nichts zu sagen hat oder um sich irgendwie interessant zu machen oder aus Neid. Anastasia beobachtete, wie eine Verkäuferin nach der in eine Außenseiterposition gemobbt wurde – im Namen der LIEBE und mit ganz vielen Herzis. Weil sie alle mit und gegen sich selbst beschäftigt waren, konnte sich Anastasia von diesen fragwürdigen Konzepten elegant entfernen. Sie musste sich anderen Leuten zuwenden und anderen Konzepten. So wurde sie spirituell. Eine Heilerin, wie sie behauptet. Aber die manipulativen Strategien, die sie mitbekommen und teilweise sogar bewundert hatte, haben sich in ihre Handlungsweisen mehr und mehr unbewusst eingeschlichen.

Auf dem Wanderweg der Sinne geht es weiter zum „Duft des Waldes“-Häuschen. Das scheint hier für Schulklassen didaktisiert worden zu sein. Also man sollte hier verschiedene Walddüfte zuordnen. Anastasia lässt die Seminarteilnehmerinnen machen und stellt fest, dass das eigentlich für Schulklassen konzipierte und dementsprechend auch geförderte Bildungsangebot hier auch auf spirituelle Sinnsucher eine Anziehungskraft ausübt. Der Geruchsinn ist etwas universell Spannendes, vermutlich weil das Geruchzentrum im Gehirn so nah am Sexualitätszentrum liegt.

In den höheren Lagen lichtet sich der Wald wieder, und es übernimmt ein süßlich-harziger Geruch nach Almdudler. Vermutlich die Mischung aus Harz, wildem Thymian und Kiefernarten. Rechts und links vom Weg gibt es, manchmal recht versteckt, manchmal recht offensichtlich, kleinere Unterkünfte. Es ist nicht klar, ob sie bewohnt werden oder ob es eher so Schaugebäude sind, von denen es auch immer wieder welche gibt: eine alte Holzknechtunterkunft aus dicken Holzrindenscheiben, Holzpflöchern und Moos, eine Fertigbauteilhütte, in der Kinderspielzeuge eingesperrt sind, Tipi-Skelette ohne Hülle und eine Konstruktion aus Sperrholzplatten und PU-Schaum, in der anscheinend tatsächlich jemand wohnt.

Arndorf fühlt sich für Vera wie eine Art natürliche Verlängerung vom Wald und von der Wiese an, wie ein Erlebnismuseum, ein Mitmachtheater. Es plätschert exzentrische Hüttenstrukturen, bis die Gruppe an einer Art Dorfplatz angekommen ist.

Es ist überhaupt nicht selbstverständlich, sagt Anastasia, dass man ein mehrtägiges Seminar an so einem besonderen Ort überhaupt machen kann. Anastasia rät der Gruppe, sich mit naiven Fragen und unnötigen Wortmeldungen zurückzuhalten dort. Es ist auch schwer zu sagen, wo ab hier nun Arndorf genau beginnt, jeder soll es selbst für sich fühlen.

Bei einem an ein germanisches Langhaus angelehntes Gebäude werden gerade die Bemalungen fertiggestellt. Daneben befindet sich ein kleines, jagdschlossartiges Gebäude, dessen Erdgeschoß mit freundlich-rundlichen Steinen verkleidet ist, dessen spitze Ornamente aus braun gefärbtem Holz aber bedrohlich in die Höhe sprießen. Vera findet, das Haus hat die gleiche Schwingung wie zum Beispiel eine Nazi-Gouvernante. Hier drinnen soll der Workshop stattfinden. Vera geht in der Erwartung in das Gebäude, dass es sich auch innen beklemmend anfühlen wird, aber dort wurde alles umgebaut und es gibt einen Zubau aus einer Holz-Glas-Konstruktion, alles warm, wohlriechend, offen, funktionell und lichtdurchflutet. Alles solide, alles genau eingepasst. Vera ist ergriffen. Könnte das ein Sinnbild ihrer eigenen Entwicklung sein?

Ferien

Nora im Tal hasst die Wochenenden, sie hasst die Ferien, weil man da immer wo sein soll und was erleben muss, mehr als sonst. Sie hat einfach nicht DAS LEBEN. Nicht das Leben, wie es andere gerne haben würden, wie man es zum Beispiel in der Raffaelo-Werbung in den 90er Jahren mit den schönen, weißen Badeanzügen und den schönen weißen Riesenhüten sehen konnte. Und dann springt eine von einem Steg aus schönem, exotischem Holze in das einfärbig türkise Wasser, und das Ganze schaut nicht nach Urlaub aus und auch nicht nach Modenschau und auch nicht gemütlich, sondern sehr aufgeräumt und sehr grafisch und so schön sauber in allen Ecken und Winkeln. Das ist ein Leben, in dem man Leute hat, die einem den Steg putzen und den riesigen Hut in einem eigens dafür gebauten Gefährt vom Flugzeug ins Hotel bringen. Und dann trägt einem wer den Hut auch an den Steg, vor allem wenn windige Wetterbedingungen vorherrschen. Und solche Bilder sieht sie auch in unterschiedlichen Social-Media-Postings, von denen Nora abwechselnd abhängig und/oder depressiv wird.

Nora hat aber kein Leben wie in der Darbo-Werbung. Das war damals, als der Österreichurlaub wieder mondän wurde. Immer mit dieser Arie. Eine Arie wie Quecksilber. Und junge Leute in ihrer Freizeit, aber Freizeit im aristokratischen Sinne. Also eine Freizeit, die eben nicht nur dazu da ist, um sich von irgendeiner Arbeit zu erholen oder um sich in einer anderen Weise selbst zu optimieren, damit man die Schuld dafür, sein Leben nicht zu packen, sich selber geben kann, weil man sich nicht effizient genug regeneriert. Weil man die falschen Lifehacks anwendet oder gar keine. Weil man zu dumm oder zu schirch ist, aber wenn man das ändert, dann würde man sein Leben viel besser packen. Aber nicht so in der Darbo-Werbung. Die haben die höchste Stufe der Selbstoptimierung schon erreicht. Die Stufe, die man sich nicht erarbeiten kann nämlich. Drum ist zum Beispiel ihre Haut so rein, und sie haben so viele Freunde. Mit denen chillen sie in einer privaten Parkanlage und versinken gemeinsam in eine bedeutungsvolle Traumwelt. Wenn sie wieder aufwachen, lieben sie sich gemeinsam unter dem blühenden Kirschbaum, und alle lachen, keiner hat geschnarcht oder getrinscht oder jemanden sexuell belästigt im Schlaf.

Nora kann nicht mithalten mit den Urlaubsbildern, die sie immer im Handy sieht, abwechselnd mit Postings, die auf soziale Ungerechtigkeiten hinweisen und einen bewussten Umgang mit dem Tourismus fordern, indem sie auf sustainable tourism und optimale Ernährung und auf die häufigsten charakterlichen Defizite von Leuten hinweisen. Sie hat keine erhabenen Freunde, mit denen sie bei seltenen Aktivitäten und beim Konsum von erlesenen Nahrungsmitten fotografiert werden kann.

Sie konnte bisher die Abwesenheit ihres Lebens ganz gut ertragen, wenn sie im Sommer im Waldgasthaus gekellnert hat. Nora kann nicht nachvollziehen, warum, aber jedes Jahr fahren Touristen von weit her zu diesem Gasthaus, seitdem es revitalisiert wurde. Sie bieten im Waldgasthaus („WGH") überteuert genau die gleichen regionalen Produkte an wie fast alle Gasthäuser drumherum und übrigens auch alle großen Supermarktketten, die regionale Sonderverträge haben. Aber weil man ein bisschen mehr zahlt, ist es anscheinend gesünder. Dahinter steckt folgende Theorie: Wenn ich meinem Körper wertvollere Nahrung gebe, dann wandelt der Körper das auch in wertvolle Zellen um. Also, wenn ich mich gesund und auch ganz besonders speziell und elitär ernähre, dann baue ich meinen Körper in ein Luxusdomizil für meine Depression um. Vor allem im Vergleich zu den gewöhnlichen Körpern und den gewöhnlichen Lebensweisen und Geschmäckern macht mein Konsum den Unterschied. Die Differenz. Kraft meines guten Geschmacks baue ich meinen Körper um in etwas, das mich effizienter, schöner, beliebter und scharfsinniger macht in Relation zu den anderen, stinkigen Normalos. Ich verwandle mich in etwas, das irgendwann selbst ultimativen und gleichzeitig diesseitigen (bodenständigen) guten Geschmack generieren kann. Das erlaubt mir dann einen unantastbaren, aber gleichzeitig grundsätzlich positiven Lebensstil. Es ist eigentlich genau das, was die meisten Leute generell antreibt und motiviert: ein Streben nach Kontrolle.

Besucher und Touristen haben sich nicht nur im Waldgasthaus, sondern insgesamt verändert. Aus der Perspektive von Nora hat sich diese Veränderung vom Gasthaus aus verbreitet. Es kommen nicht mehr nur die nordischen Pensionisten und Sommerfrischler mit Eigentumshäusern und Funktionskleidung. Die werden übrigens oft unterschätzt als spießige Presser, aber wenn sie dann mal im Gasthaus zu viel getrunken haben, stellt sich raus, dass die größtenteils ziemlich internationale und interessante Jobs hatten und Drogenexzesse und Sexpartys, aber jetzt steigen sie in ihren Treckingsandalen durch einsame Wanderwege und genießen die Langeweile; und die tatsächlich spießige Verachtung, die die junge Bohème gegen sie hat, amüsiert sie, weil sie wissen: Diese junge Bohème ist gefickt. Nie werden diese Leute die Chance auf ein Leben haben, wie sie es hatten, weil es geopolitisch und gesamtwirtschaftlich für sie nicht mehr möglich sein wird, und man sieht es diesen älteren Pärchen nicht an, aber sie freuen sich sogar darüber, dass diesen arroganten, altklugen Jugendlichen im Alter nichts anderes mehr als die Selbstmordkapsel übrigbleiben wird. Manche ihrer internationalen, reichen Freunde investieren gerade in High-End-Altersheime, aber wer wirklich Weitblick hat, investiert in Suizidkapseln. Es gibt sie schon in der Schweiz, rund fünf Firmen konkurrieren um lebensmüde Leute. Es gibt laut einer der Firmen selbst Wartelisten für dieses „fundamentale Recht, das nicht von einer Krankheit oder einem Leid abhängig ist". Aber gratis ist es nicht: 10.000 Franken kostet der Freitod. Die Enkelkinder der reichen Urlauber sind finanziell (auch durch Verwicklungen mit diesen Freitodstiftungen) so gut abgesichert, dass sie sich diesen Sterbeservice problemlos leisten könnten, aber sie würden das nie in Anspruch nehmen. Ihnen ist ein Leben auf der Sonnenseite garantiert. Diese Enkel sind Gewinner, und wenn sie aus irgendeiner abgefuckten Laune des Schicksals heraus einen Freitod wählen würden, dann hätten sie so viel Selbstrespekt und Geschmack, es nicht in so einer anonymen Industriekapsel zu machen, in so einem schirchen Raumschiffdesign, sondern altmodisch und würdig wie im Film.

Im Waldgasthaus trifft man immer seltener auf diese alten, reichen, für die meisten relativ unsichtbaren Hausbesitzer aus dem Norden, weil sie dieses Gentrifizierungsspielchen genau durchschauen. Seit der ästhetischen Umgestaltung, die das Gasthaus authentischer, ökologischer und vor allem auch subkultureller machen soll, haben sich die langjährigen Touristen distanziert, weil es ihnen zu spießig wurde. Früher war es ein staubiges, trauriges, halb leeres Landgasthaus mit gutem Preis-Leistungs-Verhältnis. Heute ist es ein neu übernommenes Konzeptgasthaus voller Vintage-Möbel, die nicht mehr staubig sind, dafür gibt es doppelt so teures Bier.

Die Einheimischen gehen trotzdem hin, weil sie auf das Gasthaus angewiesen sind. Aber sie wissen nicht genau, warum auf einmal so viele neue, junge Touristen herkommen. Es ist ein Gasthaus, das gelernt hat, dass es wichtig ist, sich ein bisschen um lokale Stammgäste zu kümmern. Damit es authentisch bleibt für die Touristen. Die wollen schließlich die Region erleben und eintauchen in die verruchte und mystische Welt der Dorfalkis.

Aber für den ultimativen Erlebnistourismus ist das Gasthaus auch nicht genug. Auch die Bauernhöfe zusammen mit den Einheimischen sind nicht mehr authentisch genug. Auch die Natur und die Landschaft, in der man herumgehen kann, sind nicht genug. Sie suchen das echte Leben, sie suchen die echte Arbeit, die echten Lebensmittel, sie suchen nach dem echten Sinn in den echten zwischenmenschlichen Beziehungen, aus denen die authentische Verarbeitung von ehrlichen Produkten resultiert. Jede Tätigkeit soll spirituell-archaisch angelehnt an historisch signifikanten Ritualen sein. Butter machen soll so heroisch sein wie Feuer machen. Diese Touristen wollen der herkömmlichen Welt, in der man nach Gebrauchsanweisung lebt, entrinnen und sich tief in Gebirgsritzen eingraben, bis sie die wertvollste Authentik finden.

Auch Loth war nicht mit dem Landgasthaus zufrieden. Er wollte sich in die Berge verkriechen und hat über die Handwerker, die beim Umbau des Gasthauses geholfen haben, von Arndorf gehört. Nora hat gar nicht länger nachgefragt, sondern ihm den Weg dorthin erklärt. Dass es keine offizielle Wegbeschreibung dorthin gibt, macht den Ort noch entrückter und unwiderstehlicher. Wie ein sexy Geheimnis. Im Gegensatz zu anderen im Tal hat Nora aber immer schon ganz normal Auskunft erteilt, wenn sie nach Arndorf gefragt wurde. Nora erklärt Erschöpften auf der Suche nach Würde und Liebe, was sie alles brauchen könnten dort. Sie zeigt masochistischen Alpinisten den Einstieg zum Hardcore-Jägersteig ins Hochgebirge, und den wohlstandsverwahrlosten Ästheten gibt sie emotionalen Halt für ihre Selbstfindung. Nora ist der inoffizielle Bahnhof von Arndorf. Deswegen geht auch das Gasthaus in Wirklichkeit so gut bei Touristen. Das allgemeine Interesse am einfachen Leben (was auch immer das sein soll) und damit auch daran, was die eingeweihten Leute anscheinend für Arndorf halten, ist für die Region nicht so schlecht, sagen sie am Stammtisch im Gasthaus. Die dahinsiechende, nahezu ausgestorbene Region wird belebt. Deswegen regt sich auch niemand in der Gemeinde über die fehlenden Formalitäten wie Genehmigungen und Auflagenerfüllung auf. Verunsichert ist alleine der Bauernhippie Patrick, weil er wohl etwas falsch macht, wenn das System nicht gegen ihn ist und gegen das, was er liebt, tut und erbaut.

Nora hat Loth bei der frühmorgendlichen Abreise beobachtet, aber seine Abwesenheit spürt sie erst so richtig, als sie einen Tisch mit lauter jungen Leuten bedient. Nora hat sich gleichzeitig viel älter und viel jünger als die gefühlt, obwohl sie wahrscheinlich genau gleich alt waren. Nora fühlt sich viel zerlebter, viel müder, viel fertiger. Aber auch viel weniger erfahren, viel weniger weit, karrieretechnisch. Es sind Frauen, die immer sauber ausschauen, egal wie abgefuckt und schmutzig ihre Kleidung tatsächlich ist. Beim Essen-Aufnehmen haben die Frauen dann aber nicht, wie sonst typisch, obwohl es eh genau auf der Karte steht, nach vegetarisch oder vegan und auch nicht nach Allergenen gefragt. Vermutlich macht man das jetzt nicht mehr so. Sie machen gegenseitig ironisch süße, aber doch auch echt süße Fotos von sich. Gut, dass die Chefin nicht die karierten Tischdecken weggegeben hat, denkt Nora. Wir – also zumindest die intelligenteren Mitarbeiterinnen – haben auch die Anweisung, zu suggerieren, wir wären ein Familienbetrieb. Also wir sollten jetzt keinem, der nachfragt, direkt ins Gesicht lügen. Wir sollten es lieber als so selbstverständliche Gegebenheit performen, dass niemand so richtig nachfragt. Es soll insgesamt einfach ein schönes und stimmiges Bild abgeben. Und man muss auch selber was hermachen: schöne, trachtige, aber reduziert-trachtige Arbeitsuniform und darin nie müde aussehen. Die Frauengruppe riecht nach Urlaub am Meer. Ihre Kleidung schaut aber aus aber wie vom Babystrich. Ein interessanter Kontrast. Sie fragen Nora nach Arndorf. Sie denkt an Loth. Sie denkt an diese Frauen und an Arndorf. Es überkommt sie eine dumpfe Panik.

In seltenen Momenten gelingt es Nora, nicht als reine Servicekraft wahrgenommen zu werden. Kurz schauen die Gäste sie dann an, als ob sie ein Individuum wäre mit einem Lebensentwurf. Vielleicht sogar mit einem, der sich gut mit den eigenen Bedürfnissen deckt. Es ist eine unsichere Ehrfurcht im Blick, weil sie sich darauf konzentrieren, dass diese Kellnerin, dieses Mäuschen, eine Inspiration sein könnte. Aber nicht, weil sie das wirklich so sehen, oder sie sich das von ihr ernsthaft erhoffen, sondern weil sie denken, die Kellnerin findet das sicher schmeichelhaft. Sie findet es sicher schmeichelhaft, so angeschaut zu werden, wie die Gruppe sonst eigentlich nur die IHRIGEN anschaut. Solche Gruppen geben meistens entweder übertrieben viel Trinkgeld oder gar keins.

Dieser herablassenden Art kann sie eigentlich nur einen unvermittelten und informationsbezogen-gelangweilten Blick entgegensetzen. Es ist kein Neid, den sie spürt, sondern einfach ihre eigene Traurigkeit. Und sie weiß genau, dass diese Isolation so gut wie niemand verstehen kann, und wer sie versteht, der weiß auch, dass man diese Isolation mit niemandem teilen kann. Insbesondere nicht mit jemandem, der die gleiche Isolation spürt, weil sie sich dadurch bei allen nur noch potenziert und verschlimmert. Die Runde ist sich sicher, der gelangweilte Blick kommt daher, weil sie halt nicht so ein aufregendes Leben hat und nicht so viele interessante Leute kennt, die mit dem Geld ihrer Eltern so interessante Projekte machen wie sie. Unter physischen Schmerzen erklärt sie der Gruppe, wo Arndorf ist und wie sie einen angemessenen Wanderweg dorthin finden.

Nora war so ca. vierzehn, als sie Arndorf kennenlernte und den Bauernsohn Patrick, der sich so bunte Schals mit irgendwelchen Schriftzeichen um den Kopf gebunden hatte, aus so einem Dritte-Welt-Laden, wo man sich Sachen kaufen kann, die irgendwelchen Aussteigerjunkies nach Europa schicken, um sich ihre Opium-oder-irgendwas-anderes-Suchtin Asien leisten zu können. Also genaugenommen nicht die Sucht selbst, die ist eigentlich ja gratis, sondern vielmehr brauchen sie halt den Bungalow am Strand, und so freundlich alle Leute hier sind, sie geben ihnen halt dann doch nicht den Bungalow gratis und räumen gratis ihren Dreck weg und kochen gratis geiles Essen, nur weil sie Sebastian oder weil sie Louis heißen oder Ferdinand.

Patrick war damals gerade leicht suizidal aus Graz zurückgekommen, weil das Leben in der Stadt für ihn dann doch nicht das geboten hat, was er sich erwartet hatte. Es ist dreckig, alles ist unpersönlich und man kann „auch nicht wirklich individuell sein" dort. Er hat irgendwas studiert und sich angeblich seinen Unterhalt

mit Straßenmusik verdient, weil er kein Geld „vom System" hatte haben wollen. Das hat angeblich super funktioniert, und so wurde Patrick ein in Insiderkreisen berühmter Straßenakkordeonist und eine Größe im FM4 Soundpark. Aber er hat sich DAGEGEN entschieden. Gegen den Mainstream, gegen das System, gegen den Erfolg. Er will an Orten leben, die eine Bedeutung haben und an denen man barfuß gehen kann und nicht ständig kritisiert wird. So einen magischen Ort fand er und zeigte ihn Nora: Arndorf. In einer der damals noch wenigen – mehr oder weniger provisorischen – Unterkünfte roch es nach Zirbenholz und Räucherstäbchen. Nora war auf einer Couch und Patrick mit einem Tücherl aus dem Esoterikgeschäft am Kopf kam immer näher und hat ihre Arme gestreichelt. Nora hat gezittert, deswegen musste er zärtlich lächeln und sagte ganz ruhig: „Einatmen und ausatmen. Einatmen ist Yang, Ausatmen ist Yin." In ihm ist der Beschützerinstinkt erwacht. Obwohl er aber so nett und fürsorglich war, fühlte sich Nora aber nicht wirklich beschützt, sondern ließ den unweigerlich folgenden Sex über sich ergehen und kann das Ganze bis heute nicht so genau einordnen. Die Vorstellung von Arndorf löst seitdem in ihr keine hoffnungsfrohe Unruhe aus, sondern Arndorf durchfließt sie gleichmütig wie der spärliche Verkehr die Bundesstraßen.

Nora weiß einiges über Arndorf. Auch dass Patrick, der sich dort „der Zirbenmann" nennt, ein wenig gekränkt ist, weil er wohl etwas falsch macht, wenn das System nicht gegen ihn ist. Wenn so viele Systemerhalter sich wohlfühlen in Arndorf. Man könnte ihm sagen: „Deine Kränkung ist nur eine Erfindung von deinem Gehirn."

Patrick lebt Vollzeit in Arndorf. Über die Jahre hinweg hat er seine Hippieschals aus dem Dritte-Welt-Laden eingetauscht gegen echte Textilien aus echten Materialien: Wolle, Rinde, Leder, Gräser. Erdöl hingegen gilt nicht als echtes Material, und somit sind Erdölprodukte wie Polyester inoffiziell verboten in Arndorf. Alle Regeln und Verbote und auch alle Hierarchien in Arndorf sind inoffiziell, und im Grunde sogar unausgesprochen.

Atmen

Man soll nicht schnell wandern. Man beginnt immer langsam und hält dann eine stetige Geschwindigkeit. Wer zu schnell geht, hat das Wanderhandwerk nicht verstanden. Wer zu schnell geht, der wird sich früher oder später erschöpft zusammenkauern, ein Windstoß wird ihn treffen und aus seiner Kauerhaltung in eine Schlucht hinunterblasen, wo er letztendlich von einem spitzen Stein aufgespießt wird, weil die Natur mag keine Leistungsschweine und die Natur mag keine Streber. Die Natur mag nur die Ehrlichkeit und die Authentizität.

Hier hat Rupert keine Verantwortung. Hier muss Rupert keine Befindlichkeiten respektieren. Sie sind hier nicht der tragende Faktor, sondern die Gemeinschaft. Er kann seine eigenen und die Befindlichkeiten der anderen ignorieren und wandern, gehen, atmen, sein. Einer nimmt wortlos den Rucksack des anderen, ohne dass Schwäche oder Verletzung thematisiert werden, das ist die Alpensolidarität. Man braucht sie, damit man am Weg nach oben nicht nacheinander verendet. Rupert realisiert beim Wandern immer wieder von Neuem, was Vertrauen ist, was Bruderschaft ist.

Vor und hinter ihm gehen lauter junge Burschen. Ihre Rucksäcke sind aus einfachen Materialien und sehen mit ihren leicht schiefen Nähten und Liebe zum Detail selbstgemacht aus, beeindruckend. Rupert fragt nicht nach, weil er sich von Arndorf überraschen lassen will. Außerdem fällt ihm die Terminologie für etwas aus Leder nähen nicht ein. „Nähen" ist das nicht, aber ist es „schustern" oder „sattlern"? Er wird das irgendwie in Erfahrung bringen und dann den Fachbegriff in Zukunft so oft wie möglich verwenden, damit jeder sieht, dass er sich beim alten Handwerk auskennt, als ob er damit aufgewachsen wäre. Das wird ihm dann die Autorität eines autarken und authentischen Mannes geben. Wer ihn nicht besser kennt, der soll ruhig glauben, er ist ein in das alte Handwerk Eingeborener: aufrichtig, ehrlich und kernig. Deswegen versteht er sich auch mit der Natur so gut.

Beim näheren Hinschauen sieht Rupert, dass auch die Lederhosen der Burschen höchstwahrscheinlich selbst gemacht sind, aber die sehen ein bisschen besser aus als die zerfledderten Rucksäcke, die ihn wegen der nachlässigen Unordentlichkeit schon auch ein bisschen unrund machen, je länger er hinschaut. Ihre Stutzen in Zierstrick (sagt man so?) machen ihn ehrfürchtig: Das ist Frauenarbeit. Wo haben sie heutzutage solche

Frauen gefunden? Er geht ein bisschen langsamer und fragt den, der vorher hinter ihm gegangen ist: „Tun diese grobmaschigen Stutzen nicht weh beim Wandern? Schnüren sich nicht die Maschen ein in die vom Schweiß aufgeweichte Haut? Und wenn's ihr schwitzt, werden die Fäden dann nicht dünner durch die Flüssigkeit und die Maschen dann nicht noch dichter und schneiden bis in das Fleisch so richtig hinein?"

Oben in Arndorf versuchen sie gerade, die richtigen Materialien und Stricktechniken zu finden, damit das eben nicht passiert. Die Vorfahren hatten auch keine Mikrofaserwandersocken oder ähnliches. Aber es sind gerade Gebrauchsgegenstände, die man aus der direkt umgebenden Natur beziehen kann. Alles wäre effektiver und vor allem auch langlebiger und ökologischer, wenn das die Norm wäre. Leider ist da ja auch schon viel Wissen verloren gegangen, und deswegen sind die Leute immer weiter weg von der Natur gekommen, die uns eigentlich mit allem, was wir brauchen, versorgt. Deswegen hat man sich in Arndorf um experimentelle Archäologen bemüht. Sie wollen wissen, wie die Gesellschaft sich selbstständig erhalten kann. Sie wollen verstehen, wie sie früher funktioniert hat, bevor es große Firmen gab. Sie wollen wissen, welche Berufe und Hierarchien es gab, welche Rohstoffe, welche Arbeitsabläufe, welchen Umgang, welche Stärke, welche Authentizität, was uns davon alles verloren gegangen ist und wie man es wiederbeleben kann. Wir wissen nicht genau warum, aber wir wissen, dass wir uns die Vergangenheit zurückholen müssen. Bevor es zu spät ist.

Eigentlich macht man experimentelle Archäologie sehr gezielt und in einem strengeren wissenschaftlichen Rahmen. Rupert hört, wie jemand aus der Wandergruppe sagt, dass fast alle das mit dem „experimentell" lustig finden. Weil es so ernst kling wie experimentelle Physik, aber es ein bisschen wie Steinzeitmenschspielen ausschaut, noch dazu machen das dann meistens dürre Studenten in Jack-Wolfskin-Funktionsjacken und mit sofort ersichtlichen Selbstwertproblemen. Das kam von Erich, der für Rupert das Gegenteil von Würde verkörpert. Rupert antwortet: „Du bist halt viel gescheiter als die." Erich mit seinem unschuldigen und in Wirklichkeit höchst intakten Selbstbewusstsein nimmt das als Kompliment und grinst schweigend vor sich hin. Die meisten anderen sehen das als subtile Verarschung. Damit ist auch Rupert zufrieden, denn warum soll er, nur damit Erich aufhört zu reden, tatsächlich auf das eingehen, was er sagt und die Wissenschaft verteidigen, die er selber für krank hält.

Wegen der Wissenschaft haben die Städter die Berge überhaupt erst touristisch entdeckt, zum Blumen-und-Steine-Anschauen, Zeichnen und Klassifizieren, damit man Wirkstoffe erforschen kann. Damit man neue Produkte finden kann, damit man nicht so weit reisen und fremde Länder dafür ausbeuten muss, was bürokratisch anspruchsvoll und kostentechnisch aufwendig ist. Übrig geblieben von der Eroberung der Berge ist nun aber vor allem der Après-Ski. Zusammengehörigkeit, Herz, Blut und Schweiß: Das hingegen findet man nicht mehr am Berg. Rupert sieht in der modernen Welt fast alles das vergessen, was den Menschen Würde verleiht, sie sind zur Kaufkraft geworden. Nach der er sich sehnt, weil er immer mehr zu spüren bekommt, wie die Abwesenheit einer fundamentalen Würde die Leute kleinkariert, gierig, ungeschickt, esoterisch und damit für eine Gesellschaft so gut wie wertlos macht.

Noch bevor Erich wieder zu reden anfängt, stellt Rupert ihm schnell ein paar Fragen zu Herrschaft, Bürokratie und vor allem dem System, das die Welt beherrscht. Nicht weil das Rupert wirklich interessiert, sondern weil er merkt, dass Erich bei diesen Themen ganz fahrig wird. Zuerst fällt er, dann alle anderen in tranceartige Dauerredezustände. Es bricht eine Art Zustimmungseuphorie aus. Ja, wir sind alle Menschen. Wir sind nicht einfach nur Personen, sondern Menschen. Und als Menschen sind wir grundsätzlich frei! Denkt mal nach! Was hält euch ab davon, immer genau danach zu leben, was euch gerade einfällt? Warum nicht einfach Spaß haben? Warum nicht einfach anpacken und machen? Wir brauchen uns nicht verstricken in behördliche, amtliche und staatliche Papierodysseen, weil wir sehen, das ist nur Papier, und wir sind Menschen aus Fleisch und Blut, und das Papier ist Papier. Wenn wir drübergehen, wird es schmutzig. Wenn wir uns damit den Mund abwischen, ist Essen drauf. Wenn man

sich damit den Orsch auswischt, ist Kaka drauf. Und wenn man sich damit eine Wunde abwischt, dann ist Blut drauf. Und wir sehen, das Papier ist niemals weiß. Und an ihrer Reinheit wirst du sie erkennen. Und unsere Hemden sind weiß. Wenn wir sie anpatzen, können wir sie reinigen, sie reflektieren das Licht: ES WERDE LICHT. Und aus dem Licht entspringt der Mensch.

Rupert konzentriert sich schweigend auf seinen Rhythmus. Auf sein Atmen und wie die Schritte mit seinem Atmen und der Gehgeschwindigkeit harmonieren. Wie seine Schritte mit dem Boden harmonieren und der Wind mit den Gräsern und Baumwipfeln.

Die Burschen reden sich in Atemnot. Sie werden langsamer und machen mehr Rede- und Verschnaufpausen. Rupert kann sich jetzt entspannt anschauen, was zwischen den Stutzen und den Lederhosen so an Haut existiert bei den Burschen. Und er denkt sich, das schön zu finden, da ist nichts dabei, weil das ist schließlich meine Kultur, und es liegt sozusagen in meinen Genen, das ist die Kameradschaft. Und auch, wenn er selbst von seinen Kollegen und Kameraden im Grunde genommen verraten wurde. Nach Jahren im öffentlichen Dienst. Keiner hat sich für ihn eingesetzt, als die Vorwürfe aufkamen, niemand hat ihn den Rücken gestärkt. Wahrscheinlich war da was Größeres dahinter, er hat seinen Kopf hinhalten müssen, wie ein Bauernopfer, wahrscheinlich. Er wird schon noch draufkommen. Er wird immer kameradschaftlich bleiben als Charakterzug.

Alle sind außer Atem, und Rupert genießt die Ruhe in den Bergen. Man hört keinen Verkehr. Die Luft ist frisch. Man sieht den Verkehr eigentlich auch nicht. Es gibt keine sogenannte Lichtverschmutzung. Einzig und allein die Erderwärmung schwappt von außen rein. Plastik sieht man hier auch nirgends. (Das ist zumindest seine Einschätzung. In Wirklichkeit ist vielleicht überall Mikroplastik.) Plastik ist das hässlichste Material der

Welt. Plastik ist wie die Werbeunterbrechung im Fernsehen. Schlimmer, wie die unüberspringbare Werbung auf Youtube. Das einzig Interessante an Plastik ist, dass es aus Erdöl ist und dass Erdöl aus Dinosauriern besteht. Das gibt ihm vielleicht so eine Art genealogische Anmut.

Im Gegensatz zu dieser Anmut gibt es viele Dinge, die ähnlich wie die Dinosaurier lange Zeit scheinbar unumstößlich die Gesellschaft strukturiert haben, dann aber ihre Bedeutung verloren. Die Ehe zum Beispiel. Die war mal ein rechtlich und irgendwie auch sozial bindender Vertrag, bei dem jeder Vertragspartner einfach seine Pflichten zu erfüllen hat. Dann kamen die Scheidungen, dann kamen die außerehelichen Liebschaften, die heutzutage schon lange nicht so erpressbar machen, wie vor einigen Jahrzehnten.

Er beobachtet eine neue Form von Liebe, die mit gegenseitigen Selbsterfüllungserwartungen so vollgepackt ist, dass sie mindestens so aufwendig ist wie eine jahrhundertealte stille, aber dennoch rechtliche Übereinkunft in Form der Ehe. In den meistens seriell monogamen Liebesbeziehungen scheitern beide Partner an gegenseitigen diffusen Erwartungen aneinander. Oder sie verzweifeln daran, dass man sich nicht mag, aber sich mögen muss, und irgendwann verbittern sie daran. Wenn die Männer verbittern, werden sie süchtig nach dem Puff. Jeder von ihnen glaubt dann, er sei der Lieblingskunde. Er sei ganz anders als die anderen Freier.

Rupert kann und will diese moderne Welt nicht. Er will seine Ruhe haben und nicht stark, erfolgreich, unabhängig, stilsicher, potent, muskulös, feministisch, großzügig, aber auch gut in Kommunikation und sensibel, aber nicht schwach sein. Da hat er echt gar keine Lust drauf.

Und dabei soll man auch eine Frau so richtig wollen, romantisch verliebt sein und das auch mit entschlossenen, aber niemals übergriffigen Gesten zeigen. Zu anstrengend. Er will nicht dauernd irgendeine Frau vor ihren eigenen Gefühlen retten müssen. Er will genau NICHT wissen müssen, was er will. Er will im Idealfall KEINE Geschenke machen und sich schon gar keine Date Nights in liebevoll eingerichteten Familienbetrieben überlegen, um sie mit ganz besonderen Erfahrungen zu bezaubern. Weil wozu das Ganze? Damit man sich einreden kann, dass sie sich selber eh überhaupt gar nicht zu fad ist wahrscheinlich. Rupert nämlich hält nichts von diesen konsumorientierten Partnerschaftskonstellationen. Dass Vera zurzeit mehr Geld verdient als er, ist eine akzeptable Unregelmäßigkeit. Ein verkraftbarer Schicksalsschlag. Er ist und bleibt das Rückgrat der Familie. Und in Arndorf tankt er die Kraft für seine Rückkehr ins echte Leben.

Rupert ist aufgefallen, dass die jungen Leute sich generell sehr anstrengen für NIX. Zum Beispiel im nicht öffentlichen Raum irgendwie wie Staatsmänner oder Diplomaten diskutieren, jedes Wort gewichtig und voller Bewusstsein für seine sensible Historie, eingebettet in Jahrhunderte von Machtkonstellationen, verwendet. Dabei hat jedes Wort ca. siebenhundert Kilogramm. Jede Äußerung fügt sich in ein edles Streben nach gerechter Ehrenhaftigkeit ein. Die jungen Leute beugen sich der größeren Sache, werden zu Gefäßen komplett internalisierter Gesamtverantwortung. Und das in einer Zeit von sozialem Generalabstieg, für dessen Konsequenzen man sich dann auch noch eine dieser Gefängniseisenkugeln aus den Comicserien selbst um die Fußgelenke schnallen würde, wenn es denn nur von dieser Gesamtverantwortung befreien würde. Man wiegt mehr in einer Zeit, in der sich jeder mit genügend Ressourcen zurückzieht aus dem öffentlichen Diskurs, was immer das auch ist. In der die Leute, wenn sie irgendwie können, ihre Chance nützen und einfach ihre Goschn halten und in Ruhe ihren Reichtum genießen, völlig unangetastet von den Bauern draußen vorm Zaun, die um Torten oder so betteln, man versteht gar nicht, was sie genau eigentlich wollen. Schreien die Bauern vor den Toren etwa nach WERTSCHÄTZUNG?

Sein Atmen spürt Rupert bis in die Fingerspitzen, sein Brustkorb wird größer und flexibler, während die Lunge fast an den Rippen kratzt. Seine Schuhe knarren bei jedem Schritt, die Luft pfeift durch seine Nasenflügel. Der Geruch von Nadelwald, wildem Thymian, Pech und so ein bisschen auch Pilz und Moos (fast schimmlig).

Zwischen den Bäumen sieht Rupert neue, improvisierte kleine Hütten, je näher er an Arndorf herankommt. Das ist auch neu. Früher gab es hier eigentlich nur ein Haupthaus und ein paar kleine Nebengebäude, weiter oben gab es einen kleineren Bauernhof, den sich jemand kaufen wollte, der aber damals noch nicht dazu gehörte. Angeblich gab es im Haupthaus ganz früher, wie im Bauernhaus weiter oben, keinen Boden. Und drinnen gewohnt haben sogenannte Häusler. In anderen Versionen waren es Leute, die sich ihr Geld damit verdient haben, Arsen in Form von Hüttrauch an Knappen,

Knechte, Tagelöhner, Prostituierte und Gesindel zu verkaufen. Diese Leute haben schon gewusst, sie dürfen nicht den Neid derer auf sich ziehen, die gerade mal ein bisschen mehr hatten als sie. In den wirtschaftlich schweren Zeiten konnten sie aber nicht so unsichtbar bleiben, wie es ihnen recht gewesen wäre. Weil die Bauern und Gutsherren, die Meister und die Väter mehr brauchten, um über die Runden zu kommen, mussten die Niederen mehr arbeiten, und das Hüttrauch machte die Arbeit leicht. Es machte die Kälte schmerzfrei. Die Leute, die es verkauften, wurden aber von der Bevölkerung maximal geduldet und später dann auch im stillen Einvernehmen der Gemeinschaft in ein KZ gebracht.

Das Haupthaus wurde danach zu so einer jagdschlossartigen Struktur umgebaut, die ein bisschen so ausschaut wie das Haus von der Verfilmung von „Die Wand". Niemand weiß so genau, wer den Umbau veranlasst hat, aber es waren keine Leute, die jetzt noch im Bezirk wohnen. Oder im Bundesland. Die Leute sind verschwunden und niemand hat sich genau ausgekannt. In oder vor oder nach den „Kriegswirren", weil irgendwer gestorben ist, kam das Haus dann in Besitz der Familie des Primars des Bezirkskrankenhauses, und der hat es seinem einzigen Sohn vererbt. Der Sohn wurde irgendwie aus Protest zuerst ein Hippie und dann ein Schauspieler und dann wieder ein Hippie und dann wurde Arndorf draus.

Rupert kennt sich damit genauer aus, als er aus gutem Grund zeigt. Auch besucht er Arndorf nicht so oft, weil ihm nicht klar ist, was es sein will. Arndorf wächst, aber in einer Unbestimmtheit, in der sich alle möglichen Leute zuhause fühlen. Seitdem es die Leute allgemein schätzen, nicht in einer Wohnung eingekastelt zu sein, und nicht mehr das Gefühl haben, alles im Leben zu verpassen, wenn sie nicht physisch in irgendeiner Hauptstadt anwesend sind, kann man den Besucherdrang erst so richtig spüren. In Arndorf ist so viel los wie seit Jahren nicht. Das Haus der Häusler wurde umgebaut und ein lichtdurchfluteter Holzbaukubus zugebaut, dessen Dach folkloristisch aussieht, tatsächlich allerdings keinerlei bäuerliche Strukturelemente oder sonstige Details aufweist. Es ist wie eine optische Täuschung. Ruperts eigenes Gehirn zwingt ihn dazu, diese architektonische Genialität zu bewundern.

Nahe dem Haus steigt Rauch auf, eine Gruppe Leute sitzt an einem selbstgebauten Brennofen. Das dürften einige der Archäologen sein. Sie tragen Funktionskleidung und haben gefärbte Haare. Das Studium in der Großstadt hat eben seine Spuren hinterlassen. Viele junge Leute stehen gruppenweise zusammen. Besucher wurden früher nicht gern gesehen, hier hat sich fundamental etwas geändert.

Schönheit

Die Gebäude in Arndorf sind funktionell ornamentfrei, dabei geben sie gleichzeitig vor, schon auch mit alten Bauernhöfen oder archaischen Almhütten diffus verwandt zu sein. Besucher von Arndorf loben vor allem die authentische Architektur des älteren Gebäudes ein wenig abseits, das erst später eingegliedert wurde. Sie loben die Funktionalität dieser Struktur und auch deren Instandhaltung. Gelobt wird, dass keine neuen Fenster eingebaut wurden, sondern die alten restauriert. Dass die Häuser ein Schindeldach haben und kein Eternit. Dass sie noch diese mysteriösen, keltisch anmutenden Schnitzereien haben in den Deckenbalken von Innenräumen. Und die alten Möbel sind auch ein Traum, buchstäblich, weil man von den meisten den ursprünglichen Zweck höchstens erraten kann. Die Besucher ästhetisieren die Gebäude und Möbel aufgrund einer Funktion, die sie aber nicht kennen. Alte Bauernhäuser werden also deswegen als schön empfunden, weil sie zu imaginären Arbeitsabläufen passen. Zu den soziokulturellen Abläufen. Zu der Infrastruktur und zu der Beschaffung, Verarbeitung und Verfügbarkeit von

Rohstoffen. Die Gebäude halten also warm, wenn es kalt ist, und kühl, wenn es heiß ist, und so weiter. Diese Gebäude sind optimal.

Diese Idealisierung geht davon aus, dass eine perfekte ökonomische Harmonie existiert hat. Eine gleichförmige Aufeinanderfolge von immer gleichen Jahreszeiten samt der ihnen zugehörigen Feiertage. Die Natur als Ressource und dazu die perfekten Kenntnisse des Menschen, alles an ihr so effektiv umzuwandeln, dass alles wieder zu einem verschmilzt. Wie eine heilige Langeweile, die nur ab und zu von Naturkatastrophen gestört wird, aber auch die stärken die Gemeinschaft, jeder hilft, wo er kann. Man geht gemeinsam durch schwere Zeiten. Die Katastrophen sichern den sozialen Frieden. Es ist nicht die Anhäufung und Anordnung der Materialien, die Farbe, die Effizienz und Funktionalität, die schön ist. Die Besucher sind von einer Nostalgie der Verhältnisse befallen. Und diese Verhältnisse sind vor allem: klar. Die Natur ist gut. Man lebt abhängig von der Natur, die unermüdlich Rohstoffe, Heilmittel, Lebensmittel und Freude produziert, über die jeder Mensch gleichermaßen verfügen kann, wenn er die entsprechenden unkomplizierten, aber anstrengenden Fertigkeiten und Kenntnisse, die für die Gewinnung und Verarbeitung der Naturressourcen notwendig sind, erlernt und kultiviert. Das alles passiert im Rahmen einer Langeweile, die aber nie fad wird, sondern höchstens in manchen Fällen anstrengend. Aber die Anstrengung wird mit einer heiligen Müdigkeit belohnt, die den besten und tiefsten Schlaf bringt, aus dem man in einem Zustand erwacht, der sich leer und gleichzeitig voll anfühlt. Ein Zustand, der Langsamkeit akzeptiert und in dem man sich nicht fragen muss, ob man wirklich so lebt, wie man es sich verdient hat.

Die Schönheit der alten, authentisch hergerichteten Bauernhäuser und Almhütten beruht auf der Wunschvorstellung, sein überschaubares und autarkes Potenzial entfalten und vollständig nutzbar machen zu können. Es ist eine Architektur, die dahingehend befreiend wirkt. Sie indiziert die Endstufe der Selbstoptimierung. Sie ist also damit ein Zeitgeistphänomen unserer Gegenwart. Im Grunde ist das eine ähnliche Nostalgie wie sie der Sommerfrischler-Architektur von 1900 zugrunde liegt. Waldschlösschen in einem nostalgischen Stil. Knusperhäuschen im großbürgerlichen Sommerfrische-Märchenwald. Aus heutiger Sicht wirken diese Häuschen gouvernantig. Substanzgewordene Waldheimat. Ort der Sehnsucht, zurück zur Natur.

In Arndorf ist die Zeit aber nicht stehengeblieben. Genauso wie der Semmering keine Waldheimat ist. Arndorf ist kein Ferienort, der Tourismus ist keine Einkommensquelle dort. Es ist einfach nicht so angelegt, und man kann das im Nachhinein auch nicht ändern, was eigentlich auch keiner der Einwohner ändern will. Vor allem schaffen das auch nicht die Jagdtouristen oder die, die sich eine Jagd irgendwie erhoffen rund um Arndorf mit ihrem Geld. Die Stadtjäger fühlen sich manchmal als eine Art VIP-Touristen, weil sie Einheimische kennen und mit ihnen saufen, um davor und danach Tiere zu erschießen. Dazu gehören auch eine eigene Sprache und das Ausweiden und das Aufhängen und das Verarbeiten; und dann gibt es Wildfleisch. Den Aristokraten unter den tierischen Proteinen.

Rupert diskutiert mit einer, die wie eine Touristin ausschaut, über ihr Filmen mit dem Handy. Sie trägt eine schwarze Leggins und einen schwarzen Pony und ein bauchfreies Leiberl aus Batik in Grau und Dunkelgrau und versteht nicht ganz, was dieser Typ von ihr eigentlich will. Sie hat filigrane Armreifen um, die teuer aussehen, weil sie so dezent sind. Im Kontrast dazu steigeisenfeste Wanderschuhe. Rupert mag solche

Kontraste, wie strenge Schuhe an dünnen Beinen oder alter Mann und junge Frau. Diese Frau gehört zu einer Gruppe junger Bergsteiger, die er keiner sozialen Schicht so richtig zuordnen kann. Etwa zehn von denen sind gleichzeitig angekommen, aber haben sich sofort über Arndorf verteilt, das macht sie derzeit noch relativ unauffällig. Hinter der Holzhütte kommt Nora mit irgendwelchen Stauden in der Hand hervor. Die junge Frau schaut zu Recht beeindruckt auf den Staudenstrauß, aber der fade Gesichtsausdruck von Nora lässt alle Ehrfurcht schlagartig verschwinden, vor allem beim Rupert, nachdem er bemerkt, dass die Touristin das schon wieder filmt.

Die Nora würde Heiligkeit nicht erkennen, wenn sich der Heilige Geist wie ein Bandwurm in ihrem Zwölffingerdarm festkrallen und sich langsam in Weihwasser auflösen würde und die Heiligkeit sich, nachdem sie aus dem After geronnen ist, von ihrem Hintern aus in ihren Hautporen am ganzen Körper sammeln und sich bei einer Wanderung in der kräuterfrischen Almluft in den Himmel emporheben würde. Nora würde sich höchstens über den Thymiangeruch beschweren, oder wenn sie ihn mag, würde sie sich darüber beschweren, dass sie die Quelle dieses Geruchs nicht finden kann, und so deppert durch die Gegend riechen mit ihren Nasenflügeln, die aufdringlich wackeln.

Tatsächlich würde sich Nora nie beschweren. Sie würde es einfach ignorieren, das Gute, das Schlechte, das Anstrengende, das Langweilige, das Heilige oder das Grausige. Und so auch das engelhafte Gesicht von der jungen Wanderin im Batik, die Nora anlächelt und sie mit ihrem depperten Handy fotografiert, während weder Nora noch die Touristin die magische Zauberhaftigkeit, die hier passieren könnte, sehen.

Rupert denkt an das Heilige. An die Schönheit und dass man diese mit keinem Gerät der Welt einfangen kann. Die Schönheit der Frauen ist etwas, das einen Instinkt bei ihm und wahrscheinlich bei vielen Leuten weckt. Und gegen einen Instinkt, dass man sie anstarren und zum Beispiel auch angreifen will, kann und soll man sich nicht wehren. Wohlgemerkt meint damit Rupert nicht, dass man einfach Frauen angreifen soll, nur weil man sie hot findet. Er meint, es ist normal, dass man es machen WILL. Aber es gibt auch Tugenden des Kulturmannes, also des kultivierten Mannes: Impulskontrolle, Beschützertum und Galanterie. Deshalb ist es geradezu ritterlich, sich diesem starken Angreif-Instinkt zu widersetzen.

Schwierig wird es, wenn die Frauen dann irgendwann überhandnehmen. Wenn man sie das Haus dekorieren lässt, in das man jeden Tag heimkommt. Rupert fühlt sich wie ein Fremdkörper in einem riesigen Uterus mit Wänden aus rosa Beton. Er hat Probleme, einen Weg aus dieser Welt rauszufinden, die nur aus den Kontakten, Gegenständen und Hobbys der Frau besteht, weil man sich um echte Freundschaften nie kümmern konnte oder wollte. Das nennen die Leute dann Midlife-Crisis, weil sie keine Ahnung haben, dass sie mehr ist als ein englisches Wort. Es ist einfach nur das, was Männer spüren, wenn sie ihre NATUR vernachlässigt haben. Deswegen weiß Rupert genau, dass er für immer immun gegen die Midlife-Crisis sein wird. Weil er sich und seiner NATUR immer TREU geblieben ist. Trotzdem sind die Frauen, die seine Natur mit ihren Handys filmen, kommentieren und umdeuten wollen, unheimlich für ihn, je jünger diese Frauen sind, desto aggressiver macht es ihn. Um seine Unsicherheit zu verbergen, argumentiert Rupert immer mit „schädlicher Handystrahlung“ gegen Smartphones in Arndorf.

Stammbaum

Wenn man aber in Arndorf ankommt, gibt es zuerst die Natur, die einen am Anfang fast erschlägt, aber dann kommt gleich die Arbeit. Dazwischen gibt es keine sozialen Ordnungen. Loth ist wie eine Ausstattung zwischen diesen beiden Entitäten. Alle Handlungen, die sich an gesellschaftlichen Ordnungen oder Dynamiken orientieren, versickern ins Bedeutungslose. Es gibt keine Oberschicht, Unterschicht und Mittelschicht. Keine Regeln, keinen Smalltalk, kein Gut und Richtig. Generell gibt es auch wenig Gerede. Also eigentlich redet fast niemand mit Loth, und er ist höchstwahrscheinlich recht einsam vom Sachenbringen oder -wegtragen, Sachenschneiden oder Lebensmittel-Zerkleinern, gegebenenfalls auch einfach nur vom Bereitsein für diese Aufgaben und auch vom Bei-Bedarf-irgendwo-Zustimmen, dauernd jedoch vom Irgendwelche-Kinder-Beaufsichtigen. Während man von der Majestät der Berge dabei verächtlich angestarrt wird. Auf Fragen wird einsilbig oder kaum reagiert, manchmal patzig.

Loths Schultern schmerzen vom Tragen, seine Waden schmerzen vom Gehen, sein Kopf schmerzt vom

Kindergeschrei. Loth hat akzeptiert, dass sich niemand besonders für ihn interessiert. Es gibt in Arndorf nur exakt das, was man selbst macht.

Er starrt ins Gewässer und denkt darüber nach, ob das kalte Wasser gegen den Schmerz hilft. Aber dagegen spricht, einerseits, dass alle gerade eisbaden, und andererseits, dass Wasser eigentlich ur die grindige Konsistenz hat, sehr nahe am Schleimigen und trotzdem hat es das ultimative Sauber-Image. Er vertieft sich in die Materialität des Wassers. Da ist er schon ganz nah an der Achtsamkeit. Der Begriff Achtsamkeit geht auf eine von einem britischen Militär entwickelte Anwendung von eigentlich viel älteren Techniken aus der Meditation und dem Yoga ihrer ehemaligen Kolonien zurück. Es hat diese Techniken umzivilisiert, wie angewandte Meditation, also Meditation, die sich auch in zählbare Erfolge niederschlägt. So, wie zählbar weniger Selbstmorde nach dem Militärdienst. Die hohe Suizidrate hat anscheinend zunehmend ein Problem dargestellt und man musste Wege finden, wie man die Leute selber an sich arbeiten lassen kann, damit sie ihre eigenen Probleme effizient lösen können. Das gibt ihnen nicht nur Selbstvertrauen, sondern ist auch von einem Kosten-Nutzen-Standpunkt her nicht schlecht: Man muss nicht viel Geld investieren, anders als es

z. B. bei Arbeitsunfähigkeitspensionen wäre, als es bei langfristigen Programmen zur finanziellen Absicherung wäre. Man lässt die Leute ihr Leben selbst in die Hand nehmen und das, was durch Erfahrungen von totalem Kontrollverlust, Nichtigkeit, Schuld, Ausgeliefert-Sein, dem Gefühl, dem sicheren Tod unmittelbar bevorzustehen, dem Wissen, wie viel Schmerz ein Körper spüren kann, bevor man von einer Bewusstlosigkeit erlöst wird, ausgelöst wurde, kann man sich in einem zweiwöchigen Seminar und mit ein bisschen Disziplin alles wegtrainieren lassen. Man lernt, wie man sich selber abtrainieren kann, dass man kaputt ist. Wie man weiterleben kann, wie man einen Job haben kann, Kinder bekommen kann und sich vielleicht erst dann das Leben nimmt, wenn man eh schon kurz vor der Mindestpension die Ausweglosigkeit einsieht, wenn es einen einholt, dass man nie vergessen wird, wie klein man als Person wirklich ist zwischen tödlichen Entitäten, zwischen die man sich persönlich mit seinem Körper positioniert hat und nichts machen kann, als wie ein Trottel dazustehen und Katastrophen zu besichtigen und auszulösen, von denen man nie gedacht hat, dass ein einziger Menschenkörper sie ertragen oder bewerkstelligen kann. Die Gewichtigkeit des militärisch legalisierten Mordens und die unerträgliche Leichtigkeit des eigenen Dahinscheidens, das nur von der Gnade des Zufalls verschoben, aber nie durch Selbstkontrolle aufgehoben wird. Und das ist eine Kränkung, der Zufall, das Glück, mit dem man überlebt hat, die sich die Leute im Endeffekt dann wahrscheinlich auch nicht wegmeditieren können. Damit sie ihren Beruf bewältigen können, trotz Nachteilen, weil sie vielleicht ein Trauma haben oder fehlende Fähigkeiten und/oder keine Intelligenz. Sie wollen sich aber hervortun und abheben, weil sie sich nur dann spüren können, wenn sie besser sind als die anderen. Nicht für sich selbst, sondern in erster Linie eben auch vor den anderen. Die feinen, sinnstiftenden Unterschiede. Loth hat sie nicht so notwendig wie andere, drum schaut er aufs Wasser und stellt diese Tätigkeit nicht in einen existenziellen Kontext.

Jemand kommt zum See, übersieht Loth und schaufelt dort irgendwas herum. Kurz hat Loth den Reflex, diese Person zu begrüßen, die ehrliche Arbeit vom Schaufler zu würdigen, sich mit ihm auszutauschen über die echten Realitäten des Lebens. Man erkennt das Großbürgertum am Drang zur Verbrüderung mit den Arbeitern. Loth hat ihn als Arbeiter identifiziert. Jemand, der mit seiner unmittelbaren Muskelkraft etwas leistet, während er selbst blöd dasitzt und nachdenkt. In solchen Momenten schämt er sich immer, weil er sich dessen bewusst wird, was für einen unnützen Scheiß er eigentlich die ganze Zeit macht. Allerdings, aber das ist ihm eigentlich nie aufgefallen, hat er sich noch nie geschämt, wenn jemand aufgeräumt hat neben ihm, während er nachgedacht hat. Oder wenn jemand gekocht hat neben ihm oder wenn jemand geputzt hat neben ihm. Das hat er eher als anregend empfunden. Loths bürgerliche Leistungen sind ihm zu abstrakt. Das Resultat vom Schaufeln ist ein Loch – das ist höchst konkret. Loths Produktivität liegt seit Generationen versteckt in der Familie: Sein Beitrag an seiner eigenen Karriere ist nicht messbar. Er weiß, egal, was er leistet, es wird nie ganz seines sein. Anders als beim Mann, der ein Loch in den Boden schaufelt. Der kann sagen: Das ist mein Loch und mein Loch allein. Kollegen, die nicht im Schatten ihrer Vorfahren arbeiten, können ihre Erfolge mehr genießen als er. Auch wenn es nur so kleine Dreckserfolge sind, wie zum Beispiel eine Einzelausstellung.

Logischerweise müsste er noch viel mehr leisten, um wirklich auf der gleichen Stufe wie die anderen zu stehen. Einfach weil er so profitiert hat von den

Connections seiner Familie, vom Geld in der Familie, von Bekannten und Verwandten in Schlüsselpositionen in Kultur und Wirtschaft. Er würde das offiziell aber nicht zugeben, weil das dumm wäre. Er konzentriert sich eher darauf, wie schwer es ist, diese Last der Generationen auf den Schultern zu tragen und darauf reduziert zu werden. Wie schwer es ist, immer ein bisschen in der Öffentlichkeit zu stehen.

Offiziell ist es schwierig, aber inoffiziell ist er verzweifelt, weil er ein Niemand ist für sich selbst. Den Verzweigungen im Kulturbetrieb kann er auch nicht entrinnen, indem er eine andere Kunstform wählt, überall lauern die Vorfahren in dieser Provinzstadt, aus der er es trotz bester Voraussetzungen nie herausschaffen konnte. Aber in Wirklichkeit leidet er darunter nicht. Er kann hinwegfliegen über die einfachen Leute und sich in die Krone seines Stammbaums setzen. Von ganz oben kann er goldene Äpfel auf die schmeißen, die ihm nicht zu Gesicht stehen. Er spürt sich aber selbst genauso wenig wie seine Nasenscheidewand, und sogar das wird ihm schön langsam zu ordinär. Er will einen direkten Einfluss auf seine Umgebung haben, mit purer, reiner Körperkraft. Sich fair messen können mit den anderen und zufrieden ermüden. Er muss sich freiarbeiten von seinem Arbeiterfetisch und will sich nicht mehr schämen.

Während Loth das alles überlegt, sucht er Blickkontakt zum schaufelnden Mann. Als Loth näher hinsieht, muss er nicht ohne Enttäuschung feststellen, dass er keine Funktionskleidung trägt, sondern eine schwarze Tracht. Der Mann nähert sich. Loth ist beunruhigt, weil er sich darüber freut. Er erkennt, dass der Mann keine abgelatschten und ausgebleichten Bergschuhe trägt, sondern Schuhe, die aussehen, als ob sie aus dem Museum kommen würden. Seine Kleidung ist extrem hochwertig, aber auch extrem traditionalistisch, also fundamentalistisch traditionell, also einfallslos und kleinkariert.

Loth kann sich nicht vorstellen, wie sich jemand mit so einem Geschmack in so einem engen Leben gefallen kann. Den bürgerlichen Instant-Individualismus kann Loth viel zu präzise durchschauen. Diese kleinbürgerliche Eitelkeit kennt Loth nicht. Nicht von seinen Eltern, aber auch nicht von seiner Großmutter, die von irgendeinem Bauernhof kommt, wie bei allen Großbürgerkindern irgendeine Großmutter von irgendeinem Bauernhof kommt. Bauer sein können will er aber schon. Er hebt in Gesprächen auch immer gerne hervor, dass er auch von einem Bauernhof kommt. Dann werden die wilden Geschichten ausgepackt von Hallodris, Halunken, Knechten, Wilderern und harter, echter Arbeit.

Der Mensch kommt noch näher und begrüßt Loth. Der breite Kärntner Dialekt vermittelt Loth sofort ein angenehmes Gefühl seiner Überlegenheit. Loth ist beißgehemmt und erinnert sich, dass dieser Mann bis jetzt nichts konkret falsch gemacht hat. Sie unterhalten sich über die Beschaffenheit des Sees. Der Mann ist nicht so gesprächig, wie es Loth zunächst befürchtet hat, aber er bleibt misstrauisch. In seinem Kübel hat der Mann Erde. Er erzählt, dass er Ton holt, für den Brennofen. Hier will man jetzt ein bisschen mehr an einem Strang ziehen, was nachhaltige Materialien betrifft, dabei helfen die Archäologen. Der Mann erzählt, dass er über seinen Beruf – Schuster – hierher nach Arndorf gekommen ist. Er lässt in seinem Kärntner Shop die alte Handwerkstradition wieder aufleben, und das sieht man hier oben gerne.

Den Schuster persönlich reizt an diesem Ort aber nicht die Arbeit, die er vom Tal sozusagen hier nach oben her importiert. Wenn er könnte, würde er im Bergbau was machen. Hier in den alten Gold-, Arsen- und Silberminen. Aber irgendwie lassen sie ihn nicht.

Das Seminar

Nach dem Morgenpilates gibt es das schweigende Frühstück im Zubau vom Haupthaus, der so sehr nach Zirbe riecht, dass es schon fast wieder unrealistisch ist. Vera darf nicht reden und muss stattdessen jeden Bissen ganz genau genießen. Den Geschmack, die Textur, wie sich beides bei längerem Aufenthalt im Mund verändert. Sie muss anscheinend genau nachfühlen, wie es schlatzig wird. Diese Zersetzung, die eigentlich die erste Stufe der Verwesung ist, muss man laut Seminarleiter ganz genau fühlen. Damit man lernt, sich wieder mit seinem Essen verbunden zu fühlen. Damit man sich der Energie bewusst wird, die vom Essen in den Körper fließt. Alles ist Energie, und sie geht auch nie verloren, sondern wird transformiert, das hat schon Einstein gesagt.

Beim schweigenden Frühstück konzentriert Vera sich aber ungern auf den Geschmack vom Essen, weil sie sich dabei immer veratmet und verschluckt. Sie muss so sehr husten, dass es schon an Speiben grenzt. Die anderen im Frühstücksraum können sich wegen der Würgegeräusche nicht mehr konzentrieren, lassen es sich aber nicht anmerken, weil sie das rein technisch gesehen nicht hätten bemerken dürfen. Sie sollten sich ja ausschließlich auf ihre eigenen Körperfunktionen konzentrieren, auf ihre Körperteile und was diese mit dem Essen machen. Wegen dem Beinahe-Speiben von Vera werden sie dabei aber gestört. Also starren sie verärgert auf die Tischplatten und konzentrieren sich nicht mehr auf das sich zersetzende Essen in ihrem Mund, sondern werden immer passiv-aggressiver.

Alle versagen, weil sie nicht in ihrer Meditation bleiben können. Keine Person will es sich anmerken lassen, dass sie es nicht schafft, das Husten zu ignorieren. Sie wurden instruiert, sich nicht ablenken zu lassen von Dingen rundherum, sondern es zu akzeptieren, wenn sie beim Meditieren versagen. Und genau deshalb sind sie besonders angefressen, weil sie jetzt ihren vollen Fokus darauf haben, dass sie versagt haben. Dass sie unfokussierte Durchschnittskleinbürger sind. Vielleicht sogar um nichts fähiger als die Leute, die viel depperter sind als sie selbst. Weit weg von Selbstkontrolle oder zumindest dem Gefühl, auch ohne umfassende Selbstkontrolle ausreichend funktionieren zu können. Sie haben keinen effizienten und zielgerichteten Fokus, und das ist ihnen selbst zuzuschreiben. Sie haben ihrem Mentor nicht gut genug zugehört oder die Übungen nicht richtig gemacht. Es wurde ihnen gesagt, sie alle haben die Fähigkeit zum Meditieren, aber jetzt zweifeln sie daran, dass sie vollständige Menschen sind, weil die Erwartungen zu hoch sind. Sie hinterfragen aber diese Erwartungen nicht, weil sie so glamourös sind, und das will niemand loslassen. Niemand will außerhalb des Seminars sein, denn dort ist der Neid und der Hass, und hier ist die Liebe und die Erleuchtung. Jeder will schneller und besser erleuchtet sein als die anderen.

Vera bemerkt gar nichts davon, dass ihre Würgegeräusche solche Identitätskrisen ausgelöst haben. Sie sitzt einfach nur da. Die anderen sind auch einfach nur da, und hin und wieder dringen sie durch die Wolke aus Schmerz, die sie vollständig umhüllt hat und sie manchmal auch unsichtbar und blind macht, zu ihr durch. Ziemlich gedämpft nur allerdings. Vera ist tatsächlich anders als die meisten im Seminar, sie sieht die sozialen Ambitionen, das spirituell Karrieristische mit mitleidigem Blick, sie findet es naiv, aber auch rührend, es löst mütterlichen Beschützerinstinkt in ihr aus. Sie wünscht ihnen aus tiefstem Herzen viel Glück, verkneift sich sogar eine Träne. Sie hat Mitleid mit ihnen, aber auch mit sich selbst. Auf einmal ist sie ganz leicht und bei sich.

Dass die Aufstriche hier staubig schmecken, ist ein sicheres Indiz dafür, dass sie sehr gesund sind und eine dementsprechend hohe energetische Frequenz haben. Die Brote sind fruchtig und saftig, in rechteckigen Schnitten dargeboten und von der Farbe her leicht dunkelviolett. Auch ein sicheres Anzeichen dafür, dass sie sehr gesund sind. Solche Lebensmittel reinigen den Körper von innen her. Ein derartig von innen her gereinigter Körper ist gesund, schön und erfolgreich. Die meisten im Seminar hier bekommen alleine schon durch das Frühstück das Gefühl, etwas Wichtiges erledigt zu haben, gemeinsam. Dabei ist Essen ein Zerstörungsakt und sonst nichts.

Das Gemüse ist in progressiven Formen geschnitten. Man kann in einem extra Workshop lernen, warum man gewisse Lebensmittel immer falsch genschnitten hat, dafür werden Prospekte und Preislisten ausgeteilt. Der Leiter dieses Workshops ist auch hier unter den Seminarbesuchern und stellt das Seminar, das in ein paar Wochen stattfinden wird, hier kurz vor. Er meint, die meisten hier haben die Karotten zeitlebens kastriert, indem sie sie in Räder geschnitten haben. Karotten gehören aber nicht in Räder und auch nicht in kleine Streifen geschnitten, wie häufig im ordinären Karottensalat zu sehen, sondern spaltig! So dass jedes Stück noch was vom Karottenkern und von der Karottenhülle beinhaltet. Ansonsten springt die Energie aus den Karotten nämlich nicht ordnungsgemäß auf den Darm über, und dann wird man krank, frustriert und unansehnlich. Raum und Zeit gibt es in der Form nicht. Wir geben Energie ab und generieren Energie, und zwischendurch essen wir zum Beispiel Karotten.

Die Lebensmittel am Buffet sind billig und basal, aber die Zubereitung überdurchschnittlich durchdacht, ohne dabei irgendwie altmodisch zu wirken. Es schaut alles jung und spritzig aus. Vera sieht pochierte Eier. Irgendwas in ihr würde gerne mal pochierte Eier selber machen, aber sie hat noch nie im Internet nach einem Rezept gesucht, weil sie noch nie nachgefragt hat, wie diese Eierzubereitungsart eigentlich heißt, und deshalb hatte sie noch keinen Suchbegriff dafür. Eigentlich sieht man pochierte Eier nicht so oft, aber die paar Mal, als sie sie gesehen hat, hatte sie immer ein Gefühl von Unzulänglichkeit. Aber nicht diesmal. Sie isst zwei pochierte Eier. Wie der Dotter rausquillt, ist das Schönste, und ganz im Sinne des meditativen Brunchs genießt sie das auch entsprechend. Erst später, in einem anderen Seminar, wird sie dann lernen, dass sie sich zu sehr auf das Angenehme konzentriert, sie hätte auch das Unangenehme daran zulassen sollen. Diese Versteifung auf das Positive, dieses ultimative Zulassen, das zwanghafte Suchen nach der Schönheit ist auch ein Fehler und unintuitiv.

Das Intuitive ist ein wichtiges Stichwort. Unsere Intuition hat immer recht, aber wurde durch die Schule und durch die Gesellschaft zerstört. Wenn man schön fleißig und ordentlich ist und auch gut mitarbeitet, kann man aber alles neu und richtig lernen. Dann kann man lernen, wie man ein echter funktionierender MENSCH wird, der wirklich eigene Entscheidungen treffen kann, und nicht einfach nur eine Person in der Gesellschaft. Der Meditationsleiter sagt: „Akzeptiert euch, wie ihr seid, bewertet es nicht, wenn ihr euch nicht konzentrieren könnt. Beobachtet es wert- und urteilsfrei." Und Vera dachte sich: Das wäre für die meisten hier das erste Mal, dass sie an irgendetwas urteilsfrei denken. Und dann bemerkt Vera, dass sie die anderen schon wieder aburteilt. Sie hat ein hartes Stück Arbeit vor sich, wenn sie auch so entspannt aussehen will wie der dümmlich lächelnde Kursleiter.

Nach der kurzen Vorstellung des Leiters des Workshops über das richtige Gemüseschneiden leitet Anastasia das nächste Seminar. Darin soll Vera zum Beispiel lernen, dass das Herumgehen natürlich, selbstverständlich, EXTREM was anderes als das normale Wandern ist. Man braucht auch einen oder mehrere Workshops, um das richtig zu erlernen. Also wenn man es von Grund auf lernen will, braucht man auch entsprechende Grundkurse: Atemtechnik, spirituelle Grundlagen, Persönlichkeitsentwicklung, Empathietraining. Das normale Wandern ist zielgerichtet. Und wem schon allein dadurch noch nicht klar ist, dass das somit unmöglich eine Mediation sein kann, braucht gleich ein Meditationsretreat. Nur wenn man kein Härtefall ist, kann man es gegen einen Unkostenbeitrag in einem kürzeren Workshop erlernen, sagt sie. Man muss nur offen sein, bereit für neue Erfahrungen und Transformationen.

Sie sagt, durch die Schule und durch die Arbeit, also durch das System, haben Menschen das Meditative generell verlernt, und jetzt braucht man eben diese Ausbildung als Gegenpol. Vera würde ihr Geld NIE für sowas rausschmeißen, aber sie sagt nichts, weil sie ist ja nicht deppert.

Das Seminar vermittelt, dass man eigentlich schon immer der Mensch war, der man sein will, aber gleichzeitig auch, dass man dafür noch sehr viel lernen muss. Aber das Wissen ist gotteidank sehr unmittelbar, natürlich, konkret und wahr, also leistet das Gehirn keinen Widerstand. Und wenn es Widerstand leistet, dann ist es noch nicht bereit für die Transformation zum wahren, konkreten, natürlichen und unmittelbaren Selbst. Sie sagt, man darf deswegen beim Gehen auf keinen Fall irgendwo HIN gehen. Sie sagt: „Ihr seid doch hoffentlich nicht zu deppert, beim Gehen an nichts zu denken. Sonst ist euer Gehirn schon abgestumpft und verpestet, weil ihr nicht schon früher unsere Seminare gemacht habt. Ihr müsst lernen, wie man sein Gehirn säubert und wie ihr eure scheiß Aurafrequenz erhöht, damit ihr nicht so niedere Menschen bleibt. So nieder und unspirituell und vom System verpestet wie die Leute draußen. Wie diese vom System verpesteten Untermenschen, die zu deppert sind, sich einfach nur auf eine Sache zu konzentrieren, die zu weit entfernt sind von der heiligen Natur und die – anders als IHR, die ihr ja am richtigen Weg seid, weil ihr hier bei uns seid – für immer dumm, verschlackt, mit so einer Schmutzfrequenz ummantelt sind. Wir können euch da rausholen und euch zeigen, wie man zu einem ganzen Menschen wird, zu einem vollkommenen Menschen. Denn nur ein perfekter Mensch kann auch die Welt besser machen und dafür sorgen, dass alle perfekt werden können, dann erfahren wir alle die echte Liebe.“

Vera ist sich ziemlich sicher, dass auch das konventionelle Wandern eine Art Gehmeditation sein kann, aber sie sagt nichts. Warum sollte sie auch? Sie hat ja kein Problem hier. Sie hat hier ihre Ansprechpartner, und solange sie sich aus den kontroversiellen Themen heraushält, ist das hier ihre einzige nicht beklemmende Freizeitgestaltung. Der ganze Blödsinn geht halt beim einen Ohr rein und beim anderen raus bei ihr, und abseits des Seminars ist Anastasia außerdem vielleicht auch so etwas wie ihre einzige Freundin.

Das Seminar verlagert sich nach draußen, und es gibt einen Vortrag über die Heilkraft der Zirbe: Auf seelischer Ebene gibt der Zirbengeruch Kraft und Halt. Er reduziert die Auswirkungen von Angst und Stress und verbessert so unsere Stimmung und unser Wohlbefinden. Zirbelkiefer regt die sogenannte Noradrenalin- und Dopaminproduktion an. Das sind chemische Botenstoffe (Neurotransmitter), die für die Produktion von Glückshormonen verantwortlich sind. Die psychischen Veränderungen, die sich durch den Duft des Zirbenöls ergeben, sind deutlich spürbar. Das Selbstbewusstsein steigt und die persönliche Widerstandskraft ebenfalls. Man kann Zirbenöl bestellen und Zirbensägespäne und Zirbenkissen und Zirbenseife, auch feste Zirbenhaarseife aus irgendeiner Manufaktur, die tatsächlich 35 Euro kostet.

Dieser Preis funktioniert vielleicht bei Akademikerkinderstudenten, aber eher nicht bei Vera. Durch diese Gewinnspanne wird ihr seelisches Gleichgewicht gestört, weil sie nicht anders kann, als aktiv negativ über die Seifenverkäufer zu urteilen. Und sie versteht nicht, warum alle anderen, die wie sie hundertprozentig wissen, wie teuer das Produkt eigentlich sein müsste, so glückselig mit den Proben herumtun und so liebevoll über die neorustikale Verpackung streichen. Angeblich hat Anastasia früher bauchladenartig ihre Zirbenprodukte, allen voran die Seifen, direkt hier bei den spirituellen Wanderungen verkauft. Allerdings bekam sie dafür Probleme mit den Leuten in Arndorf, weil diese nicht wollten, dass es auch nur ansatzweise so wirkt wie ein Verkaufsevent. Sie sind alle noch von der alten 68er-Idee geprägt, dass Geld und Glück zwei Dinge wären, die nicht miteinander vereinbar sind. Geld macht nicht glücklich, Liebe macht glücklich, und Liebe kann man nicht kaufen. Deswegen muss man jetzt bestellen.

Erst später hat Vera ihr Ego so weit überwunden, dass sie diesen konsumorientierten Blick ablegen konnte. SIE war nämlich die Konsumorientierte. Wenn Geld das Einzige ist, woran sie da denken kann, ist das offensichtlich. Im Persönlichkeitsentwicklungsseminar wurde ihr dann eröffnet, dass es ihre eigenen Neidgefühle sind, die sie zu solchen negativen Gedanken treiben und sie daran hindern, eine harmonischere Einstellung und ein offenes Weltbild zu entwickeln. Sich zu einem liebevollen Teil eines liebevollen Ganzen zu wandeln. Was ihr dann endlich eine produktive und erfolgreiche Anpassung an eine Welt, wie sie ist, eröffnet. Und nicht ein Festhalten an einer Welt, wie sie sein soll: fair.

Nach der Zirbenshow gibt es einen Vortrag über die Berge allgemein. Und um die Kaltenbrunner, wie sie ganz bei sich ist. Und die Bergmessen und die Nähe zum Transzendentalen und die Pinzgauer Wallfahrt, die schon seit viertausend Jahren oder so gemacht wird. Aber Anastasia redet nicht lange vom Christlichen, sondern geht bald zu einer allgemeineren Formulierung über, und zwar „Singularität". Das hätte es früher nicht gegeben, denkt sich die Vera; anscheinend sind sie draufgekommen, dass man mit den konventionellen Religionen fast keine Frauen mehr als Zielgruppe gewinnen kann. Weil man nicht mehr wie früher an Zielgruppen unter Ausübung gesellschaftlichen Drucks rankommt, wie zum Beispiel: schlechtes Gewissen machen, ans Pflichtgefühl appellieren, lustfeindliche Körperkonzepte aufdrücken. Lange Zeit hat das sehr gut funktioniert, aber die gestandene Landfrau von heute will eher was Erbauliches, Schönes, Einfaches, etwas, in dem sie sich als Individuum wiedererkennt und ihr Optimierungspotenzial ausschöpfen kann.

Man lässt die Seminarteilnehmer danach aber nicht frei die Natur genießen, sondern sie bekommen einen Selbstverbesserungsauftrag. Die Leute sollen sich einen ihrer Sinne aussuchen und diesen trainieren. Hinhören, hinschmecken, riechen oder so. Auf keinen Fall aber nachdenken! Die anderen Sinne sollen sie komplett ausschalten und sich einfach führen lassen. Eigentlich nicht mal das, sondern einfach sein und existieren und mit seiner puren Existenz aufgehen in der allgemeinen puren Existenz und so mit dem Jetzt verschmelzen. Wenn man dann mit dem Jetzt verschmolzen ist, ist man es auch mit dem Vorher, Nachher und mit dem Immer, das ist wie ein Supergau. Vera sucht sich ihre Atmung aus.

Anastasia schmiert sich Orangenöl auf die Handflächen, bevor sie es der gesamten Gruppe auf die Stirn schmiert. Es ist kein besonderes Öl, sondern eh das vom DM, aber sie hat das Etikett heruntergekletzelt.

Vera sagt zu den Leuten, die links und rechts von ihr stehen, sie sollen sich bitteschön nicht mit den Ölhänden in die Augen greifen, weil, obwohl das jetzt so hundertprozentig natürlich und sogar ÄTHERISCH ist, tut es trotzdem in den Schleimhäuten weh, und es ist auch nicht immer zu einhundert Prozent gesund, wenn man es in den Magen bekommt. Eine Gruppe nur mit Fellfetzen bekleideter Männer riecht verzückt an ihren Händen. Die anderen Gruppenteilnehmer fühlen sich von Veras bodenständiger Art sofort irgendwie umsorgt. Die Gruppe teilt sich wortlos auf.

Experiment

Am unteren Ende von Arndorf sensen die Amateure, am oberen werden selbstgebaute Werkzeuge in alten Stollen erprobt. Eine unbestimmte Menge aus den Esoterikseminarbesuchern, Ansässigen, Archäologen, Besuchern und Leuten, die man nicht genau einer dieser Gruppen zuteilen kann, lebt ihre Vorstellungen von Produktivität aus. Sie orientieren sich dabei nur lose an den historischen Fakten bestimmter Epochen der Zeitgeschichte. Zwischen den Sensern am unteren Ende und den Leuten im Stollen leuchten zwei Lagerfeuer. Am einen wird ein Brennofen gebaut. Die Werkzeugbauer bauen Äxte mit Steinklingen und solche mit Metallklingen. Verschiedene Hauen, Kupferpickel und Messerarten aus unterschiedlichen Materialien, angeleitet von den experimentellen Archäologen, die sich wiederum an den historischen Fakten orientieren. In der Region um Arndorf wurde Gold, Silber und Arsen abgebaut. Das letzte Mal wurde Gold unter Göring abgebaut, hat einmal einer aus der Bezirkshauptstadt gesagt. Der Frost legt sich in dieser Gegend den ganzen Tag bis in den Frühling dort nieder, wo die Sonne den ganzen Tag nicht hinscheint. Später im Frühling gibt es dort dann dieses Wetter, bei dem die alten Leute immer ihre Narben spüren. Die Zahnoperierten ihre Zähne, die Nervenschwachen ihren Kopf und die Depressiven ihre Todessehnsucht.

Die Esoterikseminarteilnehmer haben die Vergangenheit modetechnisch verinnerlicht. Martialisch hängen vereinzelt dünne Fellfetzen von ihren Schultern, manche haben sich ihre Gesichter bemalt. Sie haben sich, obwohl das nicht explizit vereinbart wurde, nicht geduscht, frisiert oder gekämmt. Nur die Fingernägel gezwickt, damit sie auch ordentlich zupacken können. Dazwischen die Akademiker in ihren North-Face-Übergangsjacken. Der Schuster kommt gerade übertrieben viele Holzkübel voller Ton schleppend dazu und legt sie ab, wobei er versucht, so zu wirken, als ob er noch viel mehr davon tragen hätte können. Aber die Kübel landen trotzdem ziemlich unsanft am Boden. Trotzdem wird er weitgehend ignoriert. Sein Blick wandert Richtung Bergwerk, und er sieht, wie eine Person aus dieser Richtung gerade zum daneben brennenden Lagerfeuer geht.

Die Schmiedin, die gerade von weiter oben heruntergekommen ist, trägt eine Art lederne Windel über ihrer

Cargohose. Der Schuster kennt dieses Kleidungsstück, es ist ein Arschleder, teilt er der Frau sofort nach ihrer Ankunft mit. Sie schaut ihn verwirrt an. Er deutet das falsch und erklärt ihr, was ein Arschleder ist. Sie hört sich das kommentarlos an und begutachtet die Werkzeuge, die ihr jemand in Funktionskleidung wortlos überreicht. Es macht ein komisches Bild: Der Schuster mit seiner altertümlichen schwarzen Uniform und die Frau mit ihrem Helm und ihrer Lampe drauf, dem dreckverschmierten Gesicht. Die Frau erinnert outfittechnisch an das Musikvideo von Rammstein zu ihrer Single „Sonne“. Der Schuster schaut in die Augen der Frau, die seiner Meinung nach einfältig zurückschaut. Er dreht sich abrupt um und erklärt nun allen, dass er das Leder kennt und total viele interessante historische Fakten drüber weiß.

Der Schuster trägt den alten Burschenschaftswichs von irgendeinem Urgroßonkel. Wichs nennen die Burschenschaftler die Kostüme, die sie bei ihren Ritualen immer tragen. Das ist eigentlich so ein schwarzes Fantasiekostüm, von dem die Burschenschaftler steif und fest behaupten, es sei total traditionell, dabei ist es etwa genauso traditionell und alt wie die historistischen Gebäude an der Wiener Ringstraße oder wie die um 1850 erfundene Trachtenkleidung, die wir heute als Kostüm beim Oktoberfest sehen.

Die Tracht war eigentlich nie etwas anderes als das Bauerncosplay von Adligen. Später haben das dann die Bauern angezogen, weil es gut für den Sommerfrischetourismus war, und heute tragen sie Tracht, weil sie das irgendwie empowernd finden. Nachdem sie von den Nazis ein bisschen sexier designt wurde, also den gebärfreudigen Körper betonend zum Beispiel, kann man sie auch als Aufrisskleid am Oktoberfest tragen. Also die Kostüme beim Oktoberfest sind ziemlich genau die gleiche Kategorie wie die Burschenschaftskostüme. Und speziell das Kostüm von den Bergbauuniversitäts-Burschenschaften schaut so aus wie die altdeutsche Tracht, die irgendwann ca. 1814 in Deutschland vor lauter Angst vor der französischen Revolutionsfashion erfunden wurde. Schwarz, eng und streng. Ein würdevolles Herrenmieder. Die Ledersprung-Burschenschaften denken sicher, ihr Kostüm sei eine unfassbar alte Bergbauerntracht, aber in Wirklichkeit war dieses Kostüm, wenn überhaupt immer nur für so „Bergbeamte“ gewesen, für Sesselfurzer. Um das zu überspielen, ist auch ihr höchstes zeremonielles Kleidungsstück das „Arschleder“. Das ist tatsächlich alt und eine Schutzbekleidung, damit man am Arsch nicht nass wird beim Arbeiten. Die Beamten lieben dieses Arschleder, weil es sie mit den tatsächlichen Arbeitern irgendwie verbindet, als gehörten sie wirklich dazu. Deswegen ist es ihr Heiligtum.

Schon während der Schuster redet, fällt ihm selbst auf, dass er sich unterwürfig verhält. Also, er würde dafür nicht das Wort „unterwürfig" verwenden, sondern er fühlt sich unwohl, was er mit noch mehr Reden überspielt. Er redet, bis sich sein Kopf leicht anfühlt, als ob besonders schwere Wörter nach langem Zurückhalten aus dem Mund geronnen wären. Jetzt ist sein Kopf frei wie ein Luftballon auf seinem Weg zum Horizont. Er sagt, Frauen seien eigentlich im Bergbau verboten gewesen. Fragt, warum nicht er oder Loth, den er als „der komische Typ vom See" bezeichnet, an ihrer Stelle oben im Stollen seien. Das sei verschwendete Muskelkraft.

Einer der Fellfetzenmänner fällt ihm ins Wort: Es seien deshalb nicht nur Männer hier, weil man nicht zur Genüge hatte argumentieren können, dass es im Mittelalter oder vielleicht sogar in der Steinzeit wirklich NUR Männer gegeben habe im Bergbau. Einer mit North-Face-Jacke und langen, fettigen Haaren erzählt kaum hörbar, dass in Hallstadt alle Skelette Abnutzungserscheinungen an den Schultern hatten von der Arbeit im Bergbau, das habe er selber an Knochenfunden erforscht. Das stört für den Schuster irgendwie das Gefühl der Bruderschaft. Er braucht Nähe zur körperlichen Belastung und zu Prinzipien wie Ehre und Treue und beschreibt lauter historische Ereignisse, in denen Männer irgendetwas gemacht haben.

Er kann erst aufhören mit dem Reden, wenn er von einer Autorität in der Gruppe ein Nicken bekommt oder einen Kommentar. Er will nur ein anerkennendes Wort von einem, der ein bisschen älter oder ein bisschen härter ist. Von einem, der da die Sachen erklärt und sich auskennt. Er bekommt es aber nicht, und erst recht nicht, als er seine Bergbeamtenverkleidung als Arbeitskleidung darstellen will, weil die Leute hier schon wissen, dass das es im Grunde nur ein Kostüm ist. Die Akademiker korrigieren seine Aussagen. Dann wird einfach die Gruppe um ihn herum immer kleiner, und sie beginnen, der Schmiedin zuzuschauen, wie sie einen historischen Hallstadt-Pickel analysiert und nachbaut.

Dem Lederer geht ein Schauer über den Rücken, als eine experimentelle Archäologin mit halb rot und halb türkis gefärbten Haaren und so Manga-Kleidungsstil mit dem Pickel erfolgreich einen Steinbrocken vom Versuchsgestein löst, und er hat sofort den Reflex, ihr diese Haue aus der Hand zu reißen und einen noch größeren Steinbrocken herauszuhauen. Aber er reißt sich zusammen. Das ist seine Aggression, denkt er sich. Und Aggression ist nur dann wirklich mächtig, wenn man sie auch beherrschen kann. Also macht er es nicht. Und überlegt sich, wie er das Thema richtiges, historisch akkurates Schuhwerk und authentische Kleidung, was ja beides mehr oder weniger in seinem Aufgabengebiet liegt, irgendwie für die Leute wichtig machen kann. Beziehungsweise mit wem er dahingehend zusammenarbeiten kann, um die Leute einfach auszustatten und Wichtigkeit dann einzufordern. Die Kränkung aber, die er an diesem Tag erlitten hat, wird er nicht vergessen.

Schleifen

Der Wind weht in Bahnen durch das Feld, die Blätter wiegen sich, das Muster im Feld schaut aus wie ein grünes, organisches, riesiges, sich bewegendes Tigerfell. Ein Grashalm hat zwei Seiten. Eine ist grasgrün und die andere ist pastellgrasgrün. Wenn die Halme hoch genug sind, dann wiegen sie sich im Wind wie ein Meer, und man kennt sich nicht aus, warum der Wind diese komischen Muster überhaupt macht und nicht einfach alle Grashalme gleichzeitig auf Pastellgrün umschaltet. Wenn sich die Wiese wie das Wasser mustert, dann ist das Gras hoch genug zum Mähen.

Sie sensen sich in V-Formation durch die Felder. Die Luft wellt sich in der Hitze. Sie sprechen kaum, vorne der Meister, dahinter absteigend in Fortgeschrittenheitsgrad die Lehrlinge. Man hört, wie die Sense der Vorderen über das Gras streicht, es muss sanft klingen, nichts Abruptes. Kurvenartiger Übergang vom Zirpen der Grillen, dann hört man ein langes Knacken, wie beim Untertauchen unter Wasser. Je sanfter diese Übergänge, desto weniger anstrengend. Alle Bewegungen müssen fließen. Ebenfalls wie Wellen im Meer. Niemand spricht. Das Einzige, was manchmal diesen Geräuschkreislauf unterbricht, ist das Dengeln. Wenn jemand den Schleifstein aus dem abgeschnittenen Kuhhorn, das an einem Gürtel angebracht wurde, holt und dann den Ablauf durcheinander bringt. Man müsste nicht, aber auch beim Schleifen versucht jeder, sich in irgendeinen Rhythmus zu bringen. Damit sich nicht alles so spießt. Auf lange Sicht gleicht sich die V-Formation auch nach dem Dengeln wieder aus. Es sieht nicht unbedingt aus wie ein Ablauf aus einzelnen Bewegungen oder Gesten. Man kann nur Ausschnitte aus einer großen Bewegungsentität wahrnehmen beim Zuschauen. Die Sense und ihre kleine Schwester, die Sichel, sind symbolische, rätselhafte und seltene Werkzeuge. Es schwitzt, das V, es glimmert in der Hitze. Das V ist genau zum Sonnenuntergang mit dem Feld fertig. Und dann fahren einige Besucher hinunter ins Tal und kaufen sich zur Belohnung eine Leberkässemmel bei der Tankstelle.

Rupert steht vor den Feldern. Obwohl er die Natur vor seinen Augen hat und in seiner Nase und in seinen Ohren sogar, bekommt er dabei Heimweh nach ihr. Er will ganz eingehen in die Natur. Er will, dass sie ihn von innen her beherrscht. Damit er ihre Autorität auch glaubhaft nach außen tragen kann. Niemand hat sie so im Herzen wie er, die Wiesen, die Berge und die Felder bis hin zu dem, was das alles abwirft: Gestein, Lebensmittel und Gräser. Eine unbewusste Gewissheit, dass alles das auch ohne ihn perfekt existieren und wechselwirken kann in der Natur, lässt ihn eifersüchtig werden auf alle, die vom Feld, den Insekten, dem Bach, dem See und dem Bergwerk mit exakt derselben Gleichgültigkeit behandelt werden wie er selbst.

Aber er ist nicht gleichgültig, und das kann er der Natur beweisen, indem er, was auch immer sie ihm gibt, effektiv wie ein Perpetuum Mobile umwandelt in irgendetwas anderes, wie zum Beispiel Gras in Heu. Geschmeidig will er sich durch die Natur bewegen, in sie eingreifen können, Teil dieser Maschine sein, Teil des andauernden Wandels. Er will so selbstverständlich und produktiv sein für das Feld wie die Photosynthese für den Baum. Da er aber im Unterschied zum Feld weiß, was Photosynthese ist, muss er sich einlassen auf seine eigenen naturgegebenen Fähigkeiten, die einfließen sollen in etwas, das für ihn ein durch die Kulturgeschichte begründeter, erweiterter, menschenfreundlicher Naturbegriff ist. Die harmonisierte Idee vom Menschen als Krone der Schöpfung.

Rupert schmerzt es, dass er nicht rein instinktiv handeln kann wie ein Pantoffeltierchen. Er kann auch gleich wie der alte Kinderschänder Faust (Gretchen war ca. vierzehn) nicht an den lieben Gott glauben, der durch seinen Willen alles harmonisiert, die Schöpfung und den Sinn, die Herrscher und die Untergebenen, das Richtige und die Sünde, die Hölle und den Erfolg, dessen letzte Konsequenz die Aufnahme ins ewige Himmelreich (unendliche Zufriedenheit) ist.

Ruperts Melancholie fühlt sich nobel an. Denn, was in ihm weh tut, ist auch genau das, was ihn von der Natur unterscheidet, was ihn auf eine Stufe ÜBER die Natur stellt, und je mehr er dieses Leiden spürt, desto abstrakter ist sein Bewusstsein. Genau deshalb fühlt er sich den anderen oft überlegen, wodurch er schubweise irrsinnigen Ekel verspürt. Und genau das diese Arroganz ist auch, was ihn ironischerweise mit den Esoterikern in Arndorf verbindet. Diese nennen ihre Überlegenheitskomponenten „feinstoffliche Ebene" oder sie nennen das irgendwie was mit „Hochfrequenz". Diese esoterischen Konzepte sind für Rupert so weit weg von ihm, wie er von einem Lurch ist auf der Stufenleiter, die das Leben und die Natur seit Aristoteles hierarchisch ordnet. Er würde das nie zugeben, vor allem nicht vor sich selbst, dass er seinen Platz gleich wie die erleuchteten Esoteriker über anderen Leuten sieht. Zum Beispiel über: Nachbarn, Urlaubern, Neuankömmlingen, Anastasia.

Es nervt ihn, dass Anastasia hier beim Feld steht und alles filmt. Sie verdirbt ihm damit und mit ihrer Esoterik die Freude und den Entspannungsfaktor der banalsten körperlichen Betätigungen. Anastasia erinnert ihn an einen Essbereich mit schwarzen Mömax-Tischen mit diesen lindgrünen Sets. Rupert schaut auf die Felder. Er seufzt zuerst erleichtert, aber kaum hat sich seine Lunge abgesenkt, sieht er überall das Lindgrün. Die Rückseite jedes einzelnen Grashalms ist Lindgrün, wie fast alle Wohnaccessoires in seinem Haus unten im Tal. Und seine Hände werden unruhig

Weil er immer das Beste aus seiner Situation macht, also ein Erbauer ist und kein Zerstörer, sagt er dann: Und wenn jemand einen Partner hat oder ein Familienmitglied, dessen Atemrhythmus einen verrückt macht, dann eignet sich das perfekt für einen Sensenkurs. Also schickt die Leute mit dem unmöglichen Atmen vorbei. Mit dem stockenden Atmen. Mit dem stöhnenden Atmen. Mit dem reibenden Atmen. Mit dem Sensen lernt man, Bewegungen fließen zu lassen.

Anastasia begutachtet den Schleifstein, und man sieht ihr an, dass es sie vor dem Rinderhorn ekelt. Aber sie macht mit. Rupert sagt, man darf nicht reden, weil das verdirbt die heilige Arbeit. Man soll Rupert einfach nachgehen und mit seinen Bewegungen mitfließen. Und er geht. Und er mäht. Es wird für die Pädagogik gemäht und für das Brauchtum. Rupert hat sonst nie Kurse gegeben. Ist er jetzt endlich auch ein Handwerker? Die Sense schwebt durchs Feld, das Gras legt sich da fast schon freiwillig hin, so schön ist Ruperts Schwung. Es kann nicht schöner werden für das Gras. Perfekt ist es, wenn sich das Gras suizidal ergibt vor seinem Gebieter, dem Sensenmann.

Vom Sensen werden die Arndorf-Besucherinnen müde. Sie liegen über die Felder verteilt unterschiedlich weit ausgespreizt herum, Esoteriker, Archäologen und die Gruppe unauffälliger, jugendlicher Bergsteiger, die sich jetzt in ihren jeweiligen Gruppen übers Feld verteilen und teilweise ins Handy starren. Rupert ist selber müde, deswegen schlägt er niemandem die Mobiltelefone aus der Hand. Alle ihre Müdigkeiten sind unterschiedlich, aber alle sehr stark, also fühlen sie sich alle unter Gleichen. Ihnen wird suggeriert, dass sie noch eine Nacht hierbleiben können. Also kurzfristig. Und sie wären dabei zwar eine Last für die permanente Gemeinschaft in Arndorf, aber eine tragbare Last. Zu einigen dringt nicht durch, dass die Einladung keine herzliche ist, und so bleiben nur Leute ohne Genierer und Labile, die sich eh nie irgendwo willkommen fühlen, tatsächlich hier. Es sind fast nur junge Frauen. Patrick, der Zirbenmann, und Nora holen die orientierungslosen und verunsicherten Besucher ab und führen sie ins Langhaus. Ein kommunales Schlafgebäude. Erich und ein paar Handwerker kommen mit einem Strauß schwarzer Kohlröslein dort vorbei. Nora hat auch Salbei dabei zum Ausräuchern. Alle Besucher fragen sich, ob die Nächtigung gratis oder kostenpflichtig sein wird, aber es fragt niemand, weil Geld nicht edel genug ist, um seinen Status mit einer Frage zu verderben. Niemand glaubt hier daran, dass Salbei Schlacken, Toxine oder sonstige Dämonen in der Luft tatsächlich neutralisieren oder verjagen kann. Es geht mehr darum, die Leute im kommunalen Wohngebäude zu entspannen und visuell stimulierenden Content zu ermöglichen. Das Kohlröschen wirkt angeblich aphrodisierend, und sie werden heute alle gemeinsam herausfinden, ob das auch tatsächlich so ist. Es gibt praktischerweise viele Leute, mit denen sie vom Aussehen her generell schlafen wollen würden, also perfekt.

Einige sind am nächsten Morgen schnell abgereist, andere versuchten zu bleiben, ohne sich dabei aufzudrängen. In Arndorf wohnt das echte Abenteuer. Das, was die Leute früher im Europa des 20. Jahrhunderts an der Idee vom Wilden Westen gemocht haben. Die fehlende Struktur, das Experimentelle, die wilde Biografie, die nur durch den Wind in der Prärie strukturiert wurde. Ein Leben, das nicht funktioniert, sondern das einfach nur da ist. Keinen Plan von Morgen, aber ein Gefühl von Sicherheit. Arndorf ist post- und präbürokratisch zugleich. Den Besuchern weitet es oft die Lungen, und die Müdigkeit, die sie früher oft nahezu handlungsunfähig vor irgendwelche Bildschirme gezwungen hat, ist zwar noch da, aber jetzt verbunden mit einer tiefen Zufriedenheit und einem Gefühl von Verbundenheit mit der gesamten Dorfökonomie. Man ist in der Müdigkeit zuhause und gleichzeitig nicht umzäunt von einer comfort zone. Das ist die Definition von Individualtourismus eigentlich. Aber mit der Naturschutzkomponente, die den Menschen einen sogenannten einfachen Lebenswandel abverlangt und eigentlich ein Vorbild für das Nachhaltige sein könnte.

Feste Zirbe

Die Gäste decken sich vor Abreise mit fester Zirbe ein, ganz egal aus welcher Motivation heraus sie Arndorf besucht haben. Feste Zirbenzahnpasta. Feste Zirbenseife, festes Zirbenshampoo, fester Zirbenconditioner. Zirbenwachs, mit einem Feuerzeug zur Lotion geschmolzen oder noch besser: mit einer Bienenwachskerze zu Lotion geschmolzen. Zu einer Multifunktionslotion geschmolzen. Die Leute wollen feste Sachen haben. Stabilität. Keinen Wischiwaschi-Flüssigconditioner. Urlauber kommen in das letzte Eck nach Arndorf, um sich die Zirbe zum Festhalten zu kaufen. Die Leute im Dorf werfen einander vielsagende Blicke zu, wenn sich dieser Zirbenwahnsinn wieder mal für alle sichtbar manifestiert. Rupert schüttelt den Kopf. Er wundert sich, woher immer wieder neue Produkte kommen. Wie sie es schaffen, immer wieder was zu finden.

Erich sitzt hinter dem Langhaus in einem nicht historistischen Liegestuhl, hat einen Energydrink in der Hand, eine verspiegelte Sonnenbrille auf und kontempliert auch über die Besucher. Sie lieben feste Zirbenprodukte einfach, weil man z. B. festen Zirbenconditioner mit ins Handgepäck nehmen kann. Andere Faktoren wie etwa, dass die Zirbe von Arndorf besonders authentisch ist, kommen aber sicherlich begünstigend dazu. Diese Zirbe hat, was Produkte generell besonders authentisch macht: natürliche Inhaltsstoffe. Inhaltsstoffe, die im Einzelnen leicht verständlich sind, die einem das Gefühl geben, man hat mentale Kontrolle über das Produkt. Dazu kommt eine Geringschätzung gegenüber dem ordinären Einkaufen. Wahrscheinlich ist einfach nur das Vertrauen in diverse herkömmliche Produktpaletten verloren gegangen, aber vielleicht will man sich auch abheben von den normalen Konsumenten. Von denen, die dumm genug sind, auf die einfältigen und durchaus bescheuerten Werbestrategien hineinzufallen. Aber es gibt zur Genüge einfältige Leute, denen in der modernen Welt das tägliche Glücksgefühl fehlt, der Adrenalinrausch, die unmittelbare, durch die eigenen Sinne bestätigte Errungenschaft, dass man sich ein paar Beeren organisieren konnte oder Mehl selbst gerieben hat oder sich irgendein Fleisch gejagt oder in eine Falle gelockt hat. Also es fehlt ein Bindeglied zwischen Arbeit und Ernährung und Körperpflege. Erich weiß, dass dieses fehlende Bindeglied der Grund ist, warum viele Leute sich leer und nutzlos vorkommen. Weil sie damit recht haben: Sie sind nutzlos. Sie ernten ihre Produkte aus Supermarktregalen, die in traurigen Geschäften stehen, in denen traurige Verkäufer arbeiten. Und auch diese Verkäufer kaufen in traurigen Geschäften ein. Alles daran ist deprimierend.

In Arndorf gibt es keinen Einkauf, wie wir ihn kennen. Man kann Dinge schon gegen Geld tauschen, aber anders als draußen gibt es dafür keinen Shop, kein Kaufhaus, kein Geschäft, sondern man muss mit den Leuten reden und herausfinden, wer die Sachen macht und wer grad wo unterwegs ist und wo man die Leute und Waren finden kann. Manchmal dauert es Tage, bis sich was ergibt, aber manchmal ergibt sich auch nichts. Wenn sich nichts ergibt, sind die Touristinnen auch nicht deprimiert deswegen. Sie bringen nämlich was Wertvolleres nach Hause: die Geschichte, wie sie versucht haben, das Produkt zu bekommen. Das ist wie eine harte Währung: was zu erleben, was andere nicht nacherleben können. Ein nicht reproduzierbares Erlebnis. Erich liebt Erlebnisse.

Auch deswegen sind aber die Waren draußen begehrenswert. In Arndorf erklärt man sich das einfach damit, dass man eine andere Bindung zum Produkt hat, weil man, wenn schon keine Mühe bei der Erzeugung, wenigstens Mühe bei der Beschaffung des Produktes hatte. Das ist ähnlich wie beim Sammeln von Dingen (Brennholz, Beeren, Wurzeln, Nüsse) und somit sehr im Rahmen der natürlichen Verfasstheit des menschlichen Wesens. Organisch ist das Stichwort. Oft schaut die Verpackung nicht ident aus mit dem Produkt, das man vielleicht bei wem anderen schon gesehen hat, man regt sich darüber nicht auf. Man hat schließlich auch schon große Mühen auf sich genommen, sich das Produkt überhaupt zu organisieren. Man hat sich etwa Urlaub genommen dafür, man hat sich zum Affen gemacht dafür, Muskelkater deswegen und kann das allen anderen erzählen und zeigen.

Die potenzielle Kundin hat nach Erichs Analyse recherchiert und auch trainiert für die Wanderung nach Arndorf. Sie hat sich nicht nur das Ding gekauft, sondern einen Teil von sich selber. Etwas, das einen einen Teil in der Welt einnehmen lässt, der höher steht als der von denen, die einfach zu besorgende und konsumierbare Urlaubserlebnisse haben.

In der Praxis ist der Einkauf in Arndorf immer unberechenbar, und auch die Produktpalette variiert ständig. Die Infrastruktur in Arndorf ist organisch. Sie hat organisch zu sein und ist organischer als alles andere hier. Nora findet sie sogar organischer als die Natur um Arndorf herum. Es ist nicht gern gesehen, wenn ein Auto hier dauerhaft parkt. Nichts soll signalisieren, dass Arndorf ein Ausflugsziel wäre, nicht einmal das Unterbewusstsein soll auf diesen Gedanken kommen. In Arndorf zählt man auf die Kraft der Suggestion und die Macht der Vorbildwirkung. Wenn niemand mit dem Auto hin- und herfährt, kommt es wahrscheinlich auch keinem anderen in den Sinn. Man muss es nur irgendwie undenkbar machen.

Erich kann sich das eine Zeit lang nicht wirklich erklären. Warum lässt man die Urlauber nicht urlauben und die Bewohner wohnen? Für ihn war es nicht gleich offensichtlich, dass der ordinäre Tourismus die Produkte aus Arndorf abwertet auf Dauer. Das ist sein Lernprozess hier. Es ist nicht immer das, was man sich im Moment direkt rausnehmen kann. Er war vorher nicht in diesem Selbstverständnis, sondern in einem tiefen Glauben, dass man sich nehmen soll, was geht, und was man sich nehmen kann, ist gut. Erich wäre fast wie viele bei seinem ersten Besuch an Arndorf abgeprallt. Er ist dann aber in immer kürzer werdenden Abständen zurückgekommen. Schließlich hatte er Aufgaben, die für Einsteiger und besonders für Besucher, aber vor allem auch für ihn selbst nicht wirklich greifbar sind. In Arndorf muss niemand aussortieren, weil sich die Leute selber aussortieren.

Erich ist sich nicht sicher, ob der Mangel an Kommunikation in Arndorf zu mehr oder weniger Problemen führt, aber das ist ihm egal. Kommuniziert wird über Arbeit, und was Arbeit ist, wird durch einen Gemeinnutzen bestimmt und nicht dadurch, was man selbst subjektiv als Arbeit identifiziert. So, wie bei Leuten, die sich andauernd lang mit ihren eigenen Gefühlen auseinandersetzen und Wege suchen, diese Gefühle zu artikulieren und zu äußern – das ist ja auch keine Arbeit! Das hätte auch in Arndorf nur dann einen Arbeitswert, wenn sich jemand anderer dadurch gesehen oder betroffen oder inspiriert fühlen würde. Ansonsten stehen Gefühle und Tätigkeiten ohne Gemeinschaftszweck gleichbedeutend im unendlichen Weltraum wie eine Runde im Kreisverkehr mit dem Golf GTI mit offenem Fenster und Gigi-D'Agostino-Musik, die niemand sieht.

Die Netzwerke in Arndorf sind unsichtbar und statisch, wenn man direkt hineinprescht. Überhaupt nicht anfällig für Optimierung. Diese Resistenz gegen Optimierung hat Erich immer als aktive Verweigerung aufgefasst, wie Anastasia auch. Wie alle stillen Übereinkünfte, die wir täglich in unseren kleinsten Aktionen im Alltag mit der Gesellschaft haben. Zum Beispiel: Wer im Supermarkt was in den Wagen gibt, will die Ware auch bezahlen. Oder: Wer eine Arbeit macht, bekommt auch Respekt in der Gemeinschaft. Erichs Sensoren für diese Übereinkünfte sind sehr fein, und wenn jemand in Kleinigkeiten rausfällt aus den Übereinkünften, fällt das negativ auf oder die Person kann das irgendwie vermarkten und wird Komiker, Diktator oder Künstler. Das ist wahrscheinlich das Mühsamste für Kinder, diese Übereinkünfte zu lernen und danach sich davon wieder abzugrenzen als Jugendliche.

Aussteiger

Loth möchte ohne Strom leben können, also auch ohne Handy. Für ihn ist es das Richtige, weil das der ursprünglichen Conditio humana entspricht: kein Handy, kein Strom, keine Zivilisationsprobleme. Heutzutage gibt es keine echten Probleme mehr, sondern nur mehr Zivilisationsprobleme, denkt Loth. Wenn er diese Probleme an der Wurzel tilgt, werden sich auch alle seine Minderwertigkeitsgefühle auflösen. Dann kann ihn nichts Unangenehmes mehr definieren. Dann ist er hermetisch abgeriegelt gegen das Schlechte, Zerstörerische, Lebensfeindliche und Unproduktive. Das natürliche Habitat ist völlig unvereinbar mit Technik, Plastik und dem Internet, denkt Loth.

Er legt sich weit weg vom Langhaus mit den Urlaubern, Bloggern und Esoterikern ins abgelegenere Bauernhaus weiter oben vor dem Steilhang. Dieses Haus kann man in zwei Teile gliedern. Einen, der schon mal abgebrannt ist, und einen, der noch nie abgebrannt ist. Loth wählt natürlich das Schlafzimmer im alten Bauteil, ohne Strom.

Die kleinen Fenster, die tief in der Wand liegen mit Fensterkreuzen, über die die Esoterikseminarmitglieder Theorien haben, dass sie spirituell wichtig sind. Das hat Loth gehört, als er an einer Gruppe aus siebzig Prozent Frauen mit bunten Hauben auf vorbeispaziert ist. Das Fenster schneidet sich in das Haus ein wie der Stoff von eng anliegender Kleidung in die Haut. Vielen Leuten gibt das ein Gefühl von organischer Gemütlichkeit. Von Polsterung.

Diese Wände, die immer kalt sind und von denen man nicht genau weiß, warum sie so verdammt dick gebaut wurden. Loth denkt daran zurück, wie er große Teile seiner Kindheit im Schloss eines Cousins verbracht hat. Dessen Wände haben ihn immer dazu inspiriert, sich eine Welt zwischen den Wänden vorzustellen. Er schaut die Wand des Bauernhauses an und überlegt sich, welche Formen die Steine darin wohl haben mögen. Wer sie abgebaut hat, wer sie getragen hat, womit sie verbunden sind. Ob da auch andere Sachen eingemauert wurden. Wie oft die Wand verputzt und ausgemalt wurde und mit welchen Farben und zu welchen Zwecken. In Loths Kopf besteht die Wand vor allem aus Geschichten über das heitere, gefährliche und harte, aber auch unendlich gesunde Dorfleben zu der Zeit, in der noch alles in Ordnung war.

Es knackt und knarrt in der Nacht, und manchmal hört er Geräusche von Tieren. Nicht die Geräusche vom Typus röhrender Hirsch und heulender Wolf, sondern diese Geräusche vom Typus nagende Ratte und kriechendes Käfertier.

Gleichzeitig aber schlucken die Wände alle Geräusche, die man selbst produziert. In dieser Geräuschkapsel starrt er die architektonischen Eigenheiten an, weil die Sterne obszön hell durch die Leinenvorhänge leuchten und wahrscheinlich damit bald von der Morgensonne abgelöst werden. Schon eigenartig, dass die Leute geometrische Kreismuster in die hölzernen Deckenbalken geschnitzt haben. Eigentlich ist das Zeitverschwendung. Arbeitszeitverschwendung. Außer natürlich, es hatte eine besondere Wirkung oder eine besondere Bedeutung. Alle Kleinigkeiten und Details in diesem Bauernhaus sind für Loth einem direkten Zweck, der über Jahrhunderte hinweg besteht, unterworfen. Alle Materialien hatten funktionale Nebenwirkungen, die entweder in der Erfahrung der Menschen, die sie verwenden, begründet liegt oder in der perfekten Harmonie der direkten Umwelt zum Menschen hier in der Umgebung. Die Materialien, die zum Hausbau verwendet wurden, waren immer perfekt. Sogar wenn sie umweltfeindlich und giftig waren, so hatten sie einen Zweck. Eine Schutzwirkung gegen Schädlinge und Ungeziefer, die Krankheiten und Seuchen über die Menschheit gebracht hätten zum Beispiel.

Loth sieht die Leute, die hier früher gewohnt haben vor sich. Sie sind ganz nah bei der Natur und haben sie aber auch gleichzeitig unter Kontrolle. Sie sind tief verhaftet in die Regelmäßigkeiten zwischen Entstehung und Zerfall, die sich in der Natur ständig widerspiegeln, zum Beispiel durch die Jahreszeiten, die damals noch ordentlich voneinander getrennt waren. Wenn die Jahreszeiten noch so trennscharf in vier Stück gliederbar wären wie bei den Hinterglasmalereien mit dem Baum in seinen vier Hauptstadien (kahl und voller Schnee; mit Blüten; grün und saftig; mit gelben und roten Blättern), dann würde es Zivilisationskrankheiten wie Depression, Burnout und so weiter nicht geben.

Wenn der Mensch sich aufbäumt gegen die Gesetze der Natur, dann folgen darauf Krankheit und Degeneration. Genau so hat er seine Gedanken aber noch nicht ausformuliert, auch nicht vor sich selber. Aber sie sind fest in ihm verankert, und das zeigt sich in seiner Hörigkeit gegenüber dem, was er als gesunden und abgehärteten Idealkörper sieht. Das Immunsystem zum Beispiel kann nur dann perfekt funktionieren, wenn es auch Bedrohungen ausgesetzt wird. Und deshalb muss man sein Immunsystem trainieren wie einen Muskel, es muss effizient sein, stark und schlagkräftig. Nicht verweichlicht und verwöhnt, sondern resistent und zäh, dann bekommt man auch keine Pollenallergie.

Loth wälzt sich im Bett, nicht sicher, ob ihn nur sein Traum aufgeweckt hat oder ob es echte Tiergeräusche waren. Er dreht sich in seinem Bett. Er spürt ein scharfes Stechen in seiner Kniekehle und ist sich nicht sicher, ob das ein Insektenbiss ist oder ob ihn eine Lärchennadel gestochen hat. Er denkt daran, wie er einmal Borreliose hatte, aber nicht so dramatisch TED-Talk-tauglich wie Bella Hadid. Eher die Fünf-Tage-Antibiotika-nehmen-und-passt-schon-Variante. Andererseits wer weiß, vielleicht wird er ja nochmal krank davon. Er dreht sich wieder um mit dem Ziel einzuschlafen. Aber eigentlich soll er nachschaun, ob da eh nichts Gefährliches im Bett ist. Also zündet er seine Petroleumlampe an. Es ist nichts im Bett. Er bläst die Petroleumlampe wieder aus. Aber was, wenn es eine Fledermaus war? Hat ihn eh keine Fledermaus gebissen? Er zündet seine Petroleumlampe wieder an und inspiziert seine Wade. Blutige

Stellen gibt es, aber vielleicht vom Kratzen im Schlaf? Kurz ist sich Loth sicher, dass er jetzt Tollwut hat. Er denkt drüber nach, ob er eine Impfung hat. Er denkt über Tollwut nach. Er denkt über sein Leben nach mit dem Ergebnis, dass er versagt hat. Das alte Bauernhaus schützt nicht vor schlechten Träumen. Keine Handystrahlen und kein WLAN zu haben, hilft nicht gegen Schlaflosigkeit. Er kann sich selbst nicht helfen. Er muss aufstehen und geht in die Küche. Sofort hasst er die Küche. Und den Kaffee. Ein Stück Brot drängt sich in sein Sichtfeld. Brot kann er nicht hassen, weil es seit biblischen Zeiten schon quasi alles überdauert hat, und davor hat er Respekt. Er stopft es sich schnell in den Mund, damit er nicht unterzuckert ist, denn er weiß, er muss jetzt wieder in die Berge. Die Berge helfen einfach am ehesten noch.

Das Gras macht knusprige Geräusche, wenn der Wind durchgeht. Es gibt nichts, womit man dieses Geräusch vergleichen kann. Am ehesten klingt es wie ein leichter Autounfall: wenn man in einer Parkgarage die Wand streift und vom Fahrersitz aus hört, dass es nicht nur einen Lackschaden, sondern auch eine kleine Delle gibt, aber dass die Wand dabei nicht genug beschädigt wurde, als dass man das jetzt bei der Garagenverwaltung melden müsste. Und auch nicht so arg, dass man das jetzt unbedingt herrichten MÜSSTE, außer man legt halt Wert auf ein präsentationstechnisch einwandfreies Auto. Aber Loth legt auf solche kleinbürgerlichen Dinge nicht nur keinen Wert, sondern KEINERLEI Wert.

Immer wieder entgeht Loth ein Wildtier beim Gehen, weil seine Gedanken ganz bei den hypothetischen Insekten sind, die er stört oder zerstampft. Eher Letzteres, aber diesen Sadismus mag er nicht an sich. Er verschlechtert seine Laune nur. Es ist immer der gleiche, ausgefranste Steig, die braune Vertiefung, die vom Gras gesäumt wird, das in der Nacht nicht mehr aliengrün ist, sondern seetangmäßig. Das Gras rechts und links vom Steig wird auch im Lauf der Jahreszeiten seine Farbe ändern. Der Morgen graut, und langsam wird das Gras immer giftiger. Loth will die ganze Luft, die sich beim schnellen Gehen generiert, am liebsten in sich einsperren und keinen Laut machen. Er will, dass alles an ihm still ist, dass er nichts nach außen gibt. Er will undurchschaubar wie eine junge Nadelbaummonokultur sein.

Sein Ziel ergibt sich aus der Wanderung, es sind die Gipfel, von denen man sagt, sie sind in der Nähe des alten Bergwerks, allen voran das Silbereck. Die Evaluation der bisherigen Route hinsichtlich Wegbarkeit, Trittfestigkeit, Wetterbedingungen und sonstigen günstigen oder ungünstigen Faktoren erzeugt seine Route. Die Route ergibt sich aus den einzelnen Schritten, und die einzelnen Schritte ergeben sich aus der Route. Diese depperte Hermeneutik zaubert ihm ein Lächeln ins Gesicht. Er denkt dran, dass er schon lustig ist und sicher Leute mit dieser Wendung zum Lachen bringen kann.

Oben vom Gipfel aus kann Loth weit unten zwei Seen sehen. Es wird ihm warm, und eine Kraft steigt in ihm auf, die sich animalisch und klar anfühlt. Er atmet tief ein und lässt einen Schrei los. Ein Murmeltier errötet und schaut beschämt zur Seite, bevor es seine Murmeltierkollegen entwarnt: Es ist kein Notfall, sondern nur ein Einzelkind. Die anderen Murmeltiere schütteln den Kopf, weil sie diesen Einzelkindhass irgendwie kindisch und unwürdig finden. Allerlei Insekten zucken mit den Schultern, weil sie sich gar nicht auskennen, was da jetzt los ist – ihr Blickfeld ist eingeschränkt und viele haben nicht mal Ohren. Beim Abstieg fällt er aus seiner Kontemplation. Knie und Lunge beginnen zu brennen. Sein Blickfeld wird immer kleiner, und er realisiert nicht, wie er langsam in Ohnmacht fällt.

Seil und Fell

Archäologen und alte Männer, die er noch nie gesehen hat, arbeiten schon in zwei Gruppen an ihren Projekten. Die einen verarbeiten am Lagerfeuer den mittlerweile getrockneten Lindenbast zu Seilen. Für Rupert ist es das erste Mal, dass er bei Morgendämmerung vor einem Lagerfeuer sitzt. Er hatte erwartet, dass sich der frühe Morgen beschwingt und elitär anfühlen würde, stattdessen kann er seine Erinnerungen an Würstelgrillen, Gitarrenlieder und viel zu viel Bier, die untrennbar mit Lagerfeuer verbunden sind, nicht abschalten. Rupert und der Schuster erteilen sich gegenseitig aufgeregt Anweisungen. Vielleicht ist es nur Begeisterung, aber vielleicht reden sie sich in Rage, weil er hier eine Art historisches Ereignis sieht, bei dem die Vergangenheit die Gegenwart umarmt, und das, nur das, macht eine neue Zukunft möglich, die losgelöst ist von den engen Möglichkeitsräumen unserer ausgetrampelten Lebenswirklichkeit.

Rupert trägt eine Art Jägertracht. Die anderen, die ihm zuhören, schauen ein bisschen aus wie eine Mischung aus Jäger und Leuten, die sich als Steinzeitmenschen verkleiden, also manche haben was Primitives und manche was Aristokratisches. Vor ihnen liegen Felle in unterschiedlichen Verarbeitungsstadien, es sind Tierfelle, die zu Säcken verarbeitet werden. Das hehre Ziel ist, alle Plastikstoffe in Arndorf loszuwerden und durch Leder zu ersetzen.

Verwendet werden alte Werkzeuge, die nach einer langen, dunklen Zeit der Entfremdung von der Natur, Entfremdung von ihrer natürlichen Ordnung, wieder zurechtgerückt werden. Was funktioniert und was nicht, beweist der Erfolg. Das ist wie rückwärtsgewandter Fortschrittsoptimismus, also Rückschrittsoptimismus. Felle liegen am Boden, Pulver, Säcke, Spezialwerkzeuge. Zum Beispiel eine Brechstange, Haken an langen Stielen. Schwere Hämmer, leichte Hämmer. Es werden die Fachbegriffe gelernt. Es werden die Körper gedehnt. Fotos durchgegeben, Gesteinsbrocken und Kies – in einem kleinen Plastiksack ein weißes Pulver, jemand schlägt vor, statt dem Plastik müsste man eine andere Verpackung wählen. Vielleicht eine Art kleines Lederetui?

Eine Mischung, die sich für den Rupert wie Heimat anfühlt. Wie ein gesunder Ausgangspunkt, weit weg von einer Welt, die er nicht versteht und die ihn auch nicht versteht. Er will Ruhe, wie damals in den Klöstern, eine kleine Parzelle mit dem Notwendigsten und ein einfaches Leben, nahe an der Natur. Man kann nicht genau beurteilen, warum Rupert so eine tiefe Überzeugung hegt, dass man so ein Leben nicht führen kann, ohne dass sich die Umstände ändern. Er will allein sein, aber braucht gleichzeitig die Bestätigung anderer, dass seine Lebensweise erstrebenswert sei. Einsamkeit, die nicht schmerzt, gibt es nicht mehr. Rupert will deswegen ein gesellschaftlich verifizierbarer Eremit sein. Einer, der weiß, wo er hingehört. Einer, der nicht außerhalb der Hierarchien steht, sondern weit oben, vielleicht sogar schon darüber.

Früher gab es hier ein ganz anderes Leben. Und durch die unterschiedlichen Rohstoffe, die hier vor diesen Forschenden und Suchenden liegen, gab es ein ganz anderes Zusammenleben als heute. Uralte Bergbauern, die in den Steilhängen ihre Sensen geschwungen haben. Verstümmelte kleine Kinder und Jugendliche, die als Knappen in den Bergwerken vielleicht nicht mal das neunzehnte Lebensjahr erlebten. Ritter, Schmuggler und Holzknechte. Sennerinnen und Jäger. Es gab Verzweiflung, Erschöpfung, Krankheit, alte Bäuerinnen und schlaue Mägde, schlechten Schlaf.

Es ist hier ein abgelegenes Gebiet, eine Urlaubsregion, ein Naturpark, ein Erholungsgebiet, das zwar voll mit Natur ist, aber deren einzige Funktion ist eine, die für Rupert immer deprimierend dekadent war: der sinnentleerte Tourismus. Das Einzige, das verhindern kann, dass der Après-Ski-Ballermann aus den Nachbardörfern in einer Red-Bull-Cola-Flutwelle, auf der wohlstandsverwahrloste Extremsportler mit selbstgebauten Sportgeräten in Arndorf einreiten, um den Platz als neue ENTDECKUNG zu verwursten, ist, alle auf die Verbindung zur authentischen Natur einzuschwören. Sie einheitlich auf den Verzicht auf das Spektakel einzuschwören. Sie zurückzuführen auf ihre Wurzeln, auf ihr Können. Damit sie diese Müdigkeit spüren, die man hat, nachdem man auf seine Produktivität zurückschaut, seine Muskeln fühlt, sich verbunden fühlt mit seiner Herkunft und den Produkten, man sich selbst verwebt hat in den Textilien und sich selbst mit den Textilien vor der Natur schützt, und die Natur schenkt uns eben auch diese Rohstoffe, um uns selbst vor ihr zu beschützen. Das ist für Rupert Schönheit. Das ist aber auch ultimative Kontrolle.

Rupert und der Schuster drehen an einem enormen Seil, das sie weiter oben an einer Rinne anbringen wollen, weil dort so eine große Verletzungsgefahr herrscht. Es ist der perfekte Rahmen für so einen Seiltest.

Schafgarbe

Schafgarbe ist gesund und beruhigend, aber ein Kollege der Schafgarbe, der Wasserschierling, ist unglaublich tödlich, was der Schafgarbe eindeutig den Chillfaktor nimmt. Schafgarbe ist der Geruch der Bäuerinnen. Gras und irgendwie Honig, aber auch ein bisschen schweißig. Der Geruch von getrockneter Schafgarbe ist auch fast ident mit dieser 50er-Jahre-Holzfarbe, die man bei diesen dunklen, matten Almhütten immer riecht, fast metallisch. Die Hütten riechen wie Nachkriegszeit und Beruhigung, wie das himmlische Vergessen. Nora pflückt Schafgarbe und hängt sie zum Trocknen in einem der Dachböden auf. Dafür, dass die Dächer die wertvollsten Bauteile der Hütten hier sind, werden die Dachböden eigentlich wenig genutzt.

Es hat einen guten Grund, warum alle in den Alpen so fixiert auf Dächer sind: Ab einer gewissen Höhe darf man nichts Neues mehr bauen. Eigentlich. Man darf eigentlich nur bauen, wo es schon mal ein Haus gegeben hat. Aber nicht nur das. Es muss auch noch ein Dach vorhanden sein. Deswegen sind alte Dächer im

Hochgebirge heilig, und der Landwirt, der eins findet auf einer Alm, ist ein reicher Mann und kann sich glücklich schätzen.

Nora kann höchstens mit einem Strauß Schafgarbe durch Arndorf laufen, hin und her. Immer mit dem gleichen Strauß, ohne dass sie weiß, was sie damit machen soll. So wie wer, der beim Warten auf den Bus oder auf die Straßenbahn immer eine Zigarette anzündet, damit einem niemand ins Gehirn schauen kann, und merkt, dass man unsicher ist, weil man so nutzlos wartet (und gar keinen Beitrag leistet zur Gesellschaft oder so). Genauso kann sie relativ unauffällig mit den frisch gepflückten oder getrockneten Pflanzen durch Arndorf laufen. Und alle denken, sie leistet ihren Beitrag zu Arndorf, und fragen sie, für was diese Pflanze denn alles gut ist, und sie erzählt irgendwas, und dann erzählen ihr die Leute irgendwas, und sie erzählt das nächste Mal das, was ihr die Leute erzählen, wiederum anderen Leuten. Und irgendwer interessiert sich dann meistens für die getrockneten Buschen, und die schenkt sie dann her. Erich interessiert sich sehr für die Schafgarbe und erzählt, dass man damit auch so ein fernöstliches Orakel machen könnte, das Schafgarbenorakel, und das müsste man bekannter machen, dann könnte man die ganze Schafgarbe noch besser loswerden und sogar finanzielle Mittel aus der Schafgarbe extrahieren. Nora hat bis jetzt nicht so an den tatsächlichen Mehrwert ihrer Arbeit gedacht. Erich aber denkt schon viel weiter, und zwar an Energydrinks.

Nora bringt ihm also Schafgarbe. Sie geht am Lagerfeuer vorbei, an dem Utensilien liegen, die sie nicht kennt, die ihr aber unheimlicherweise ziemlich vertraut vorkommen. Sie denkt an dehydrierte Kinder, erschöpft vom Wandertag und Ausflügen, die durch Heimatmuseen steigen, um sich alte Sumpfschuhe aus Holz für Pferde anzusehen. Kreuzstichdecken auf robusten Leinendecken. Gemacht aus Flachs, der nirgends auch nur ansatzweise in der Gegend mehr angebaut wird. Der wird gekämmt, gedroschen, getrocknet, gezwirbelt und so weiter. Die Erntekrone, die aus unterschiedlichen Gräsern gedreht wird, gibt es mittlerweile beim Erntedankfest auch nicht mehr, oder wenn, dann in winzigen, schiefen Ausführungen. Es war damals eine riesige Krone aus Heu oder Stroh und anderer Erntedeko (Obst, Gemüse – vor allem Mais) drumherum, und früher war da bestimmt eben auch Flachs dabei. Es ist eine allgegenwärtige alte Welt für die Eingeborenen dort. Eine Welt, die nach Heu riecht und in der sich Spinnenweben um modrige, wurmstichige Holzinstrumente spannen, die von einem nicht nur subtil übergriffigen Volksschullehrer in einem Trainingsanzug bewacht und angebetet werden. Wenn man gut genug im Skifahren ist, darf man mit dem Lehrer dann alleine ins Kammerl, die wertvollen Kulturschätze anschauen.

Das ist die alte Welt, wie sie Nora auch kennt. Alles Interessante ist ein Geheimnis, und gespeist wird ein neugieriges Gehirn nur mit dem immer gleichen Tratsch über die langweiligen Eigenheiten von irgendwelchen harmlosen Sonderlingen, denen die Ortsgemeinschaft wahrscheinlich nur aus purer Langeweile und im Extremfall wegen einer unehrenhaften Familiengeschichte in stummer Übereinkunft ihren Platz in der Gesellschaft verwehrt. Als Nora mit ihrer Kräuterernte an den experimentellen Archäologen vorbeispaziert, sieht sie die alten Werkzeuge, die archaischen Materialien, und sofort überfällt sie eine ängstliche Müdigkeit. Als ob sie diesen Instrumenten ausgeliefert wäre, als ob diese Gegenstände Insignien der Dorfhierarchie wären, die sie wieder und wieder in eine Art ewigen Zimmerarrest in einem Stall voll mit altem Heu sperrt und so kleinen Staubpartikeln, die sich nach jedem Atemzug in einer neuen Schicht an den Lungen ablegt, bis man fast keine Luft mehr bekommt. Aber man wird daran nie sterben können. Sie legt schnell ein paar getrocknete Leinpflanzen für die Seilerzeugung ab. Rupert, in voller Bronzezeit-Cosplay-Montur, wirft ihr einen Blick zu, der halb „gut gemacht, Tochter“ und halb „jetzt geh und spiel mit Gleichaltrigen“ sagt. Sie geht sofort weiter zu Erich mit der Schafgarbe und zu den Hippies mit den paar Resten ihrer Kohlröschen und spürt eine Art schlechtes Gewissen als Kribbeln am Rücken, und sie hält kurz die Luft an, während sie die Tür zum Langhaus öffnet. Sie fühlt sich ganz leicht in den Fingern, und es gibt jetzt fast nichts mehr, das sie beruhigen kann, also muss sie die soziale Situation irgendwie an sich reißen, damit sie sich darin wieder sicher fühlen kann.

Die Abenteurer

Rupert legt die Pflanzen von Nora beiseite. Sie sind redundant. Lindenbast ist belastbarer als jedes Seil aus Leinen. Rupert schämt sich für seine Tochter, aber das ist für ihn ein selbstverständliches, ein natürliches Gefühl – bei aller Liebe. Er fühlt sich in seinem Urteil über Nora bestätigt und steht umso fester verankert mit dem heiligen Boden hier. Rupert ist mit dem Boden durch seine historischen Lederschuhe verbunden, die nur aus Leder und Lebewesen bestehen, die hier in der Gegend mal gelebt haben. Mit Methoden hergestellt, die immer schon typisch für die Alpinisten und Bergbauern und Handwerker hier waren. (Plus: die neuartige Vibram-Gummisohle, die aber aus ästhetischen Gründen nicht erwähnt wird, sonst müsste man sie vom Schuh reißen.) Die Männer beim Lagerfeuer haben sich teilweise Bärte stehen lassen und tragen teilweise selbst gegerbte Felle. Die selbstgemachten Rucksäcke sind vernünftig gepackt, optimale Gewichtsverteilung. Die schweren Seile wurden um selbstgebaute Holzkraxen gebunden und mit einem Knoten, den man aus den frühesten Abbildungen von Alpinisten kennt, fixiert. Alle sind ein bisschen neidisch auf die sexy Ledergamaschen vom Schuster.

Rupert mikroorganisiert das, was er Seilschaft nennt. Tatsächlich ist es eher eine Ausflugsgruppe in historischen Kostümen, die zu einer mittelschweren Wanderung aufbricht. Der stärkste Alpinist ganz vorne, also er selbst. Patrick, den Zirbenmann, teilt er als Schlusslicht ein, weil er körperlich stark ist, tatsächlich aber aus Gründen der Passiv-Aggressivität. In den Alpen kommt es nicht nur auf körperliche Stärke an, sondern vor allem auf mentale Stärke und auf die Kenntnis des

Geländes. Wer vertraut ist mit den Witterungsbedingungen, der wird zum Beispiel nicht ohne weiteres von einem plötzlich auftretenden Gewitter überrascht. Das Gebirge säubert sich mit heftigen Unwettern regelmäßig von allen Fremdkörpern. Es duldet keine altklugen Respektlosigkeiten. Man darf den Berg nicht mit jugendlichem Übermut demütigen. Er ist ein alter, ehrwürdiger Herr, und man hat ihm mit einer vorsichtigen und bedachten Schrittgeschwindigkeit zu begegnen.

Rupert plant die Routen mit militärischer Präzision. Sie steigen langsam bis zum unteren See auf. Danach biegen sie nicht Richtung Nordost ab, sondern halten sich eher Richtung Südost, sie wollen eine Abkürzung nehmen. Der Anstieg ist steil. Rupert fühlt beinahe den Atem seiner Bergkameraden in seinem Genick und muss seine Hintermänner zügeln. Rupert liebt das Geräusch von aufeinander reibendem Leder. Er liebt es, wenn die Luft dünner wird. Er wird den Berg befreien von den schirchen bunten Seilen, die jemand übers Geröllfeld gelegt hat. Und fahrlässig befestigt hat. Rupert bringt dem Berg ein würdiges Seil in zeitlosem Beige. Der wachsame Blick von Rupert hat alles im Auge: Wetter, Steinschlaggefahr, Wildtiere, Terrain und Zustand seiner Kameraden.

Erich unterbricht ein Murmeltierpfeifen. „Das klingt so realistisch“, sagt er. „Wie in einer Parallelwelt“, sagt Erich. „So ziemlich alles, was es da draußen gibt, kenne ich wahrscheinlich. Aber hier ist alles anders. Ein eigenes, abgekapseltes Universum, das denen draußen vorenthalten wird. Niemand wird Naturschutz verstehen, wenn er die Natur nicht kennt. Wie sollen die Leute über Zirben zum Beispiel wirklich Bescheid wissen, wenn sie keine Zirbentschutschen kennen. Wenn sie nicht wissen, was das sein soll. Deshalb nehme ich welche mit und zeige sie den Jugendlichen unten! Habt ihr auch noch Platz in euren Rucksäcken? Ich bin so froh über diese Gemeinschaft hier. Endlich keine Panikattacken mehr.

Nur Natur, Vertrauen, Kameradschaft und Produktivität. Die schwerste Zeit war meine Schulzeit, gemobbt. Lehrer haben gesagt, ich brings zu nichts. Aber Leute, wisst ihr was? Genau das war es, das mich angespornt hat in meinem Leben! Genau das ist es, das mich jetzt unterscheidet von all den Ottos da draußen. Vielleicht sind einige von denen schlauer als ich. Vielleicht sind sogar die meisten schlauer als ich. Aber wisst ihr was?"

Niemand antwortet auf diese rhetorische Frage. Rupert ist angenervt und geschmeichelt gleichzeitig, aber lässt es sich nicht anmerken. Sie atmen und steigen und versuchen, beides miteinander in Harmonie zu bringen. Eigentlich ist Erich von sich selbst ein bisschen angenervt, und er hofft insgeheim drauf, dass ihn irgendwer unterbricht. Aber niemand tut ihm den Gefallen. Also muss er sich selbst antworten.

„Sie haben grundsätzlich nicht durchschaut, dass sie sich verarschen lassen! Weil sie einfach nicht sehen, was ihre Arbeit wert ist. Weil sie ein schönes Leben in der Schule hatten, wurden sie zu braven Schafen." Patrick schaut interessiert auf, nickt, und murmelt: „Ja. Das System." Erich hebt schnell eine Zirbentschutsche auf und erklärt: „In der Schule lernt man nichts von Steuern. Man lernt nichts von Selbstständigkeit. Von Persönlichkeitsentwicklung. Man lernt nichts über Gesundheit und Fitness oder über Umweltschutz und unseren Planeten. Man lernt nicht, wie man seinen Körper fit hält, nichts von der richtigen Ernährung. Das lernt man nur aus Erfahrung und, wenn man Glück hat, von anderen, von Mentoren. Leute, ihr braucht Mentoren! Alle brauchen Mentoren! Wir brauchen uns gegenseitig. In Arndorf haben sich besondere Menschen zusammengefunden. Leute, die eigentlich nichts brauchen, aber die wachsen wollen. Die gemeinsam etwas AUFBAUEN wollen. Gemeinsam!"

Sie gelangen zu einem kleinen Bach, der anscheinend kurzzeitig so angeschwollen ist, dass er das Holzbrett, das die Überquerung selbst für Touristen in Trekkingsandalen zu einer sicheren Angelegenheit machte, nach unten geschwemmt hat. Patrick erkennt diese Situation und holt wortlos und unspektakulär das Brett. Rupert fühlt sich dadurch herausgefordert. Nur jeweils eine Person überquert den Bach. Rupert wartet weiter hinten, was er vor sich selbst mit Verantwortungsgefühl und Ehre begründet, aber in Wirklichkeit möchte er Patrick das Brett abnehmen und selbst wieder dort einsetzen, wo es am besten und am nachhaltigsten für immer bleiben kann. Außerdem kurz durchatmen. Aber Patrick steigt über den Fluss und legt das Brett von der anderen Seite so über den Fluss, dass Rupert als Einziger wie so ein depperter Tourist im Luxus drüber gehen muss.

Rupert versucht, diese Situation so würdevoll wie möglich zu meistern. Er bedankt sich kameradschaftlich bei Patrick und macht ihn laut darauf aufmerksam, dass er seine Schuhe gut einfetten muss, weil er sie nass gemacht hat, und dass nasse Schuhe am Berg ein Todesurteil sein können. Der Schuster nickt. Sie formieren sich wieder in der alten Reihenfolge und steigen weiter auf. Die Murmeltiere wundern sich, warum ausgerechnet heute so viel los ist.

Rupert sieht endlich das ekelhaft blitzblaue Seil in den Gesteinsritzen leuchten. Er möchte irgendwie nicht als Erster klettern, er ist ungesichert, und es geht steil bergab. Aber damit er nicht nochmal in so eine peinliche Situation wie unten am Bach kommt, macht er es trotzdem, aber zittert dabei. Das Zittern vergrößert seine Angst, seine Knie werden weich. Aber er reißt sich zusammen, weil er jetzt den anderen helfen muss. Er muss der Alpenpapa sein, der ehrwürdige Alpenvater besser noch. Voll mit caring masculinity und Brusthaaren. Wenn er könnte, würde er das stärkste Seil der Welt aus seinen Körperhaaren drehen. Es wäre auch beige. Oder golden, wenn die Sonne drauf scheint. Golden wie der Heilige Gral.

Der Schuster klettert als Zweiter noch mit Hilfe des alten Seils durch die schwierige Stelle. Dann beginnen sie, das neue Seil würdevoll von der Kraxe zu nehmen, das alte schneidet der Schuster mit seinem selbst geschmiedeten Messer ab. Gottseidank fällt niemandem auf, dass Rupert fast das Seil und dem Schuster fast das Messer unkontrolliert in die Tiefe entglitten wären. Während Rupert das neue Seil den anderen zuwirft, sieht er, wie sich Erich entfernt. Auf Erichs Rucksack funkeln die Steigeisen in der Sonne und scheppern dabei zusätzlich wie eine Kinderrassel. Rupert wünscht sich, dass Erich ausrutscht und sich eine Dreiecksnarbe im Gesicht zuzieht. Dann kann er ihm vor allen erklären, dass er selbst daran schuld ist. Man befestigt seine Steigeisen nicht außen am Rucksack. ÜBERHAUPT! Jetzt fällt es dem Rupert auf. Wozu braucht der Trottel ausgerechnet HIER im SOMMER bitte Steigeisen?

Die anderen steigen mit Hilfe des Seils mühelos nach oben, und Ruperts Spatzi wird davon ganz aufgeregt. Das legt sich aber, sobald er Erich erblickt, der einen verwirrten Mann im Schlepptau hat. Was macht Loth bitte hier? Er schaut nicht verletzt, aber auch nicht wirklich fit aus. Rupert hofft, dass Erich ihn nicht gerettet hat, weil das ihn zum Alpendaddy machen würde. Rupert schweigt also alles tot. Als der ramponierte Loth über die Steine gekrochen kommt, fragt er rein gar nichts, sondern gibt ihm einen soliden Bro-Hug inklusive Schulterklopfen. Loth wischt sich, ohne dass es irgendjemand bemerkt, eine Träne aus dem Augenwinkel. Noch bevor Patrick die Kletterstelle angeht, macht er Rupert auf das zweite Seil aufmerksam. Er lässt Rupert so selbst auf die Idee kommen, auch noch das zweite Seil hier zu befestigen. Das macht den Aufstieg über den Hang todelsicher. Rupert ist begeistert von seiner Idee. Patrick kontrolliert zum Schluss noch alle Knoten, was Rupert insgeheim ärgert und aber auch erleichtert.

Schon nach den ersten paar Hundert Metern brennt es wieder in Ruperts Knien, aber es ist nicht so, dass er keine Kraft mehr hat. Es ist mehr so, dass es einfach brennt. Wie in seinen Lungen. Es kommt einfach immer weniger Luft in seine Lungen hinein. Die Luft kann sich in ihm nicht ausbreiten. Er konzentriert sich auf seinen Herzschlag, der immer lauter und schneller in seinen Ohren pocht und das typisch alpine überlaute Summen der Insekten übertönt. Es stört das Rauschen vom Bach, von dem man nicht genau lokalisieren kann, wo er ist, weil das Rauschen mit jeder Etappe aus einer anderen Richtung zu kommen scheint. Das Rauschen pulsiert und beruhigt sich erst, als sie wieder in eine Ebene kommen.

Sie jausnen dann endlich auf einem großen, flachen Stein sitzend, weil das Gras und vor allem die ganzen Moossorten drumherum noch ein bisschen feucht sind.

Es sind fast nur Männer dabei, was den Männern natürlich nicht auffällt, weil das für sie die natürlichste Art der Zusammenkunft ist. Vielleicht ist das bei den jüngeren Generationen ja anders, aber das kann der Rupert schwer einschätzen. Er versucht, sich drauf zu konzentrieren, so viel Süßes wie möglich zu essen, weil ihm irgendein Instinkt sagt, dass ihm das bei den Kopfschmerzen hilft, die er im Laufe der drei Stunden Wanderung entwickelt hat. Er lässt den Erich erzählen, damit dieser ein bisschen aus der Puste kommt hoffentlich. Rupert ist unglaublich genervt vom Erich. Vor allem aber davon, dass Erich nicht müde wird. Er setzt sich zu den Handwerkern, die sich Handwerkssymbole zeigen, die sie sich auf Hände und Arme und einer sogar ins Gesicht haben tätowieren lassen. Sie schweigen alle. Rupert sucht Blickkontakt; er mag sich dabei selber nicht, aber er braucht von der Gruppe ganz unbedingt die Bestätigung, dass auch sie der Erich nervt. Und weil es eine der wahrsten universalen Wahrheiten auf der Welt ist, dass wir immer das sehen, was wir sehen wollen, hat Rupert tatsächlich ein Nicken bekommen von den Handwerkern.

Erich ist begeistert davon, was heute schon alles geschafft wurde. Er meint: „Auf das Umfeld alleine kommt es nicht an, es geht darum, was DU willst. Auch ich war schon mal in einer Krise, zu müde um irgendetwas zu organisieren, kein gutes soziales Netzwerk, auf das ich zurückgreifen konnte, und ich bin leider in keine wohlhabende Familie geboren, sodass ich als primäre Zielgruppe nicht irgendwelche Highend-Konsumgüterfirmen consulten könnte. Ich weiß nicht, was diese Leute in der Rich-Kid-Zielgruppe eigentlich wirklich konsumieren wollen. Aber Leute: wenigstens bin ich ehrlich. Alles, was es braucht, ist eine Idee und Stamina, ich schwöre es euch, hört auf eure Intuition, sie wird euch sagen, wie es mit euch weiter gehen wird, weil sie ist das Ursprünglichste in euch und der beste Manager für eure Talente und für eure Ressourcen. Natürlich könnt ihr nicht alles geben, wenn ihr nicht eure gesamten Ressourcen aufwendet. Und das ist das Problem. Durch die Schule wird unser Gehirn in eine Form gepresst, und das lässt sich dann beinahe nicht mehr rückgängig machen. Wir werden unkreativ! Ich hatte kein Geld und die Schule abgebrochen und damals dachte ich mir, das war die schlechteste Idee überhaupt und ich werde irgendwo in der Gosse landen und mich werden Maden von innen aufessen, weil ich unberechenbare Essensreste, die ich in Raststätten finde, verspeisen muss, und mich hoffentlich nicht dafür prostituieren."

Sie gehen über eine Almwiese, die so idyllisch und friedlich unberührt ist, dass sie aus einer Werbung kommen könnte. Das Gras in Höhenlagen schaut immer aus, als ob es frisch gemäht wurde, weil es wegen der Höhenluft nicht hoch wachsen kann. Oder vielleicht wegen des Luftdrucks? Eigentlich könnte es schon auch gut sein, dass sich in Wirklichkeit irgendwelche Tiere um die Grashöhe kümmern, aber es ist so monochrom gleichmäßig hoch, dass sie es vielleicht nicht so hinkriegen könnten, weil Tiere in der Regel nicht systematisch vorgehen, aber man kann sich natürlich täuschen, was das betrifft. Rupert glaubt, dass es vor allem an diesem perfekten Gras liegt, dass die Briten die Alm so gerne mögen. Ein gleichmäßiges, kurz geschnittenes Wiesengrün regt bei denen im Unterbewusstsein sehr starkes Wohlbefinden an. So eine Zugehörigkeit halt in dem Sinne, dass sie davon vermittelt bekommen, an diesem Ort herrscht kein unüberschaubares Chaos, sondern ein Gras schneidender Souverän.

Als ob der eine Ahnung davon hätte, was Rupert gerade denkt, fängt Erich damit an: „Es gibt keinen Klee hier. Der Klee ist irgendwie auch eine unterschätzte Pflanze. Hast du gewusst, dass man eine Kuh aufstechen muss, wenn sie zu viel Klee gefressen hat? Das kann man in der Alpensaga sehen. Also die Kuh bekommt Blähungen und zwar so starke, dass es lebensbedrohlich ist, dann muss man so einen kleinen Degen von der Stallwand nehmen und ihn der Kuh in den Bauch rammen. Damit das Kleegas entweichen kann. Und außerdem gilt Klee in manchen Ländern als Unkraut. Das hat so eine Herbizidfirma irgendwann mal so bestimmt. Weil irgendein Herbizid neben dem echten Unkraut auch Klee getötet hat, und dann so: ‚Meh, ist halt auch Unkraut dann. Problem gelöst.‘“

Rupert versucht, sich nicht auf den Herzschlag zu konzentrieren, der auf seinen Kopf eindrischt. Die Luft ist angeblich gut, aber trotz aktiver Atmung kommt nichts davon in ihm an. Das Alpenpanorama zerquetscht ihn von außen, weil er von innen her langsam kollabiert. Die Farben der Alpen brennen in seinen Augen, und das pumpende Rauschen pocht gegen seine Schädelwand. Auch im Sitzen. Deswegen brennen die Knie, und deswegen drücken die Schuhe. Er greift instinktiv zum Traubenzucker.

Die Handwerker deuten mit Augen und Kinn auf Rupert, um gegenseitig die Aufmerksamkeit auf ihn zu lenken. Rupert sitzt bleich wie Butter da und hält sich den Kopf. Sie haben schon bemerkt, dass sich seine Schritte unfreiwillig überkreuzen wie bei einem neugeborenen Rehkitz, das einen zu starken Joint geraucht hat. Die Handwerker sehen auch, dass er seinen Schweiß in seine Augen rinnen lässt, statt ihn abzuwischen. Nach einer kurzen, wortlosen Risikoeinschätzung hat Patrick ein winziges Glas aufgeschraubt und Rupert gesagt, er soll ihm sein Speckbrot geben, er werde was raufstreuen, was ihm ein bisschen hilft. Was aus der Umgebung, er sagt, eine Mineralienmischung. Rupert gibt ihm das Brot, und der Erich redet weiter.

Das Pulver riecht nach Knoblauch. Rupert entspannt sich sofort ein wenig und lässt seinen Blick wandern. Er kann erkennen, dass auch der ramponierte Loth etwas vom Pulver bekommt. Nicht nur das. Er sitzt bei den Handwerkern, als ob er dazugehören würde. Er erzählt mit gesenktem Haupt wahrscheinlich gerade die Geschichte, warum sie ihn retten mussten. Die Handwerker um ihn herum lachen, klopfen sich auf die Schenkel und umarmen Loth! UMARMEN! Der Schuster erwidert Ruperts Blick und lässt Rupert wissen, dass sie die Route ändern. Sie können auf keinen Gipfel mehr gehen, sie gehen hinüber in die Schutzhütte und steigen dann direkt ab.

Nach der Rast gehen sie auf ein Geröllfeld zu, und Rupert wird ein wenig unruhig. Es kommt kalter Nebel auf, worüber er ehrlich gesagt froh ist. Ruperts Haut ist außen jetzt angenehm kalt und drinnen steigt eine Wärme auf, und die gleicht das Druckgefühl aus, das er die ganze Zeit hatte. Das Atmen streichelt jetzt seine Eingeweide, dass es nur so kribbelt in den Faszien. Er fühlt, wie sein Schwerpunkt im Körper immer schwerer und dichter wird, wie eine alte Kanonenkugel, die sich in ihm zentriert. Der Nebel lässt sich leicht in die Nasenhöhlen ziehen, und seine feuchte Frische breitet sich von jedem Quadratdezimeter seiner Lunge bis hin zu seiner Stirn aus, die die rote Farbe verliert. Die Landschaft hat ihre Schwere verloren, das Rauschen wird gleichmäßig, und das Steigen entspricht seiner Stärke. Die Handwerker lächeln und steigen ihm nach.

Am gegenüberliegenden Kogel sehen sie eine andere Bergsteigergruppe etwas weiter unten über eine Art Klettersteig gehen. Sie bewegt sich langsam und trotz ihrer Größe gibt es keine Abtrünnigen und keine Vorweggeher. Rupert wünscht sich kurz, bei ihnen wäre das genauso, weil er nicht sieht, dass diese Gruppe, geleitet von Nora, Videos zu experimentellen Audionachrichten macht, die sie am Vorabend im Langhaus tuttenfett aufgenommen hat.

In Ruperts Wandertruppe will jeder seine Bergerfahrung nach eigenen Maßstäben optimieren. Und nicht nach Maßstäben, die aus einer kameradschaftlichen Gruppendynamik resultieren, wie er es geplant hat. Deswegen sind die jungen Leute vielleicht auch so oft müde, denkt sich der Rupert. Weil sie sich nicht nur um ihre Erlebnisse kümmern müssen, sie organisieren müssen, sich nicht nur entsprechend ausrüsten müssen, sondern sich auch noch Maßstäbe überlegen müssen, die sie an sich selber und vor allem auch an andere legen. Damit sie das Erlebnis im richtigen Kontext vermitteln können. Damit sie es echt erleben können, müssen sie es auch einbetten in eine Geschichte, mit der sie etwas vermitteln können – vielleicht Machtdynamiken. Und die Geschichte muss irgendwie in ihren Lifestyle passen, damit sie beim Weitererzählen den Leuten im Grunde auch was darüber, wer sie selbst sein möchten, vermitteln können. Und das ist etwas, das Rupert aus Arndorf verbannen möchte. Social Media macht, dass sich alle irgendwie mitteilen oder sich irgendwie einpassen wollen.

Rupert konzentriert sich beim Gehen. Er rutscht ein paarmal in einer Geröllrinne aus. Er atmet tief ein und sagt dann dem Erich, der gerade nichts sagt, prophylaktisch, er soll seine Goschn halten, sonst schupft er ihn ins Tal runter und packt danach seinen Beidl aus, um dann noch auf seinen von Steinen und kleinen Bäumchen zerfetzten, langsam sterbenden Körper zu urinieren. (Er sagt: „zu brunzen“ eigentlich.) Rupert hat sich seit seiner Frühpensionierung nicht mehr so eindeutig und direkt zu einem Sachverhalt geäußert. Und er hat sich eigentlich so gut wie nie so gespürt. Da will sich jetzt niemand direkt einmischen, aber alle haben das Gefühl, sie haben Rupert heute neu kennengelernt. Loth geht weiter hinten, in der Mitte der Handwerker. Die Handwerker werden Loth am nächsten Morgen das alte Arsenbergwerk zeigen.

Die drei heiligen Steine

Die Berge sind auch nur dann schön, wenn man sie nicht ständig vor der Nase hat. Wenn man ein paar Tage lang von ihnen eingekesselt ist, sich an das Panorama gewöhnt hat, dann beeindrucken sie nicht mehr, sondern sind einfach nur auch da. Für Vera sind alle Arten von Edelsteinen Gebirgskonzentrat. Steine sind wie materialisiertes Warten. Ein Brocken Stein, und vor allem Edelstein, ist das konzentrierte Warten auf nichts. Und Edelsteine sind wie ein Versprechen, dass sich das Warten oder die Geduld generell irgendwie finanziell rentieren kann.

Die Gesteinsbrocken sind im Langhaus anscheinend geordnet, aber es ist ihr nicht ganz klar, nach welchen Prinzipien. Es liegen grüppchenweise sehr ähnliche oder gleiche Steine zusammen. Dreizehn verschiedene Häufchen, nach keinem klaren Schema sortiert. Mit Steinen, dem ultimativ Toten, beschäftigen sich Soziopathen, die so wenig wie möglich mit Lebendigem zu tun haben wollen. Sie fühlen sich nur wohl, wenn sie vom Totesten, was die Natur so zu bieten hat, umgeben sind: Steinbrocken.

Und dann gibt es noch die, die es nicht realisieren, dass sie zu viel um sich haben. Geboren in eine sehr präsente Familie, sehr präsent im Sozialleben, in der Gemeinde, im Stadtrat, sehr jung eine eigene Familie, alles passt. Viele Ausflüge und viele Freunde, ein im Großen und Ganzen sehr gesunder Lebenswandel. Und niemand findet es verdächtig, dass er sich obsessiv mit toter Materie beschäftigt. Dass er sich stundenlang einsperrt quasi mit den stummen Objekten, mit Dingen, die nicht riechen, die nicht reden, die kalt sind. Und könnte er sich nicht zurückziehen zu diesen Objekten, er wäre aggressiv, ungeduldig und würde andere heimlich quälen, ohne dass sie das bemerken. Dabei weiß diese Person nicht mal, dass sie das Potenzial hätte sich aus lauter Selbsthass das eigene Leben zu sabotieren. Diese Person weiß nicht, dass die Steine quasi sein Leben gerettet haben.

Vera entdeckt hier ihre eigene Sympathie zum Gestein, weil ihr diese imaginären Forscher doch ähnlich sind. Sie denkt an den Geruch von Kieselsteinen, wenn sie trocknen. Sie riechen nach Sommer und Gewitter, nach Ferien und Drama im Kinderfreundeskreis. Nach verheimlichten Verletzungen und verzweifelter, total obsessiver erster Verliebtheit. Auf sachlicher Ebene riecht es nach neuem Schulheft, vielleicht ein bisschen wie das weiße Pulver auf teurer fancy Lakritze, das wiederum nach Kopfschmerzen riecht, oder – noch naheliegender – nach Schnee. Es könnte sein, dass Kieselsteine tatsächlich nach nichts riechen, dass das einfach nur der Geruch von Wasser ist. Also genauer gesagt von Regen. Also im Grunde von Wolken. Sie wiederholt diesen Gedanken in ihrem Kopf, und dieser Satz ist so einfältig, dass sie davon physisch und nach außen hin sichtbar lachen muss. In dieser komischen Steinhalle, und sie sagt es laut vor sich hin: „Steine reichen nach Wolken."

Wolken aber riechen tatsächlich höchstwahrscheinlich nach: Kerosin. Und sie denkt sich, man könnte die Steine auch einfach in Ruhe lassen, statt dauernd zu versuchen, ihnen Leben zu geben, einen Sinn, ein Alpha und ein Omega, einen Lebenslauf. Oder ihnen eine Wirkungsweise zu geben. Ihnen eine Sprache zu geben, sie dazu zu zwingen, mit dem Körper zu interagieren, indem sie geschliffen werden, poliert, zerschlagen und die unterschiedlichen, daraus resultierenden Oberflächen dann kategorisierbar und bezahlbar.

Die Kärtchen, mit denen die Gesteine beschriftet wurden, zeigen eine Schriftart, die man aus dem Geometrisch-Zeichnen-Unterricht kennt. Vera hatte in ihrer Schulzeit ein oranges Lineal, das gleichzeitig eine mit streng normierten Buchstaben ausgestattete Schablone war. Und obwohl sie manchmal das Internet hasst und Computer, die letztlich verantwortlich für das Internet sind, findet sie diese Schrift, diese Normschrift immer noch so dermaßen deppert, dass sie froh für die Jugendlichen heute ist, dass sie diese Schrift nicht mehr mit der Hand machen müssen. Eine Handschrift soll nicht orchestriert sein, soll sich nicht an anderen Handschriften messen. Kalligrafie und Edelsteine sind beides höchstgradig deprimierend für Vera. Speziell diese Normschriftart auf den Kärtchen, die mit nostalgischen und traumatischen Gefühlen von ehemaligen Schülerinnen spielt. Die Kärtchen schauen aus, als ob sie staubig sein müssten. Beklemmend wie Langlaufunterricht mit einem leicht übergriffigen und leicht betrunkenen Volksschullehrer, der stundenlang im Tauwetter über die patriotischen Langlaufkoryphäen der Republik referiert, während die Kinder in viel zu dicken Winteranzügen auf der Loipe schwitzen. Überall hört man es von den Nadelbäumen tropfen, und es riecht nach alten, ungewaschenen, verschwitzten Handschuhen, die man wegen der Verletzungsgefahr auf keinen Fall ausziehen darf.

Mitten im Raum steht so ein elfenartiger Buchständer, ein schöner Ausgleich zum beklemmenden Vitrinendesign. Giger als Elfe. Bei näherem Hinschauen entdeckt man, dass die gesamte Konstruktion, also Buchständer mitsamt Buch, aus Plüsch ist. Der Ständer schaut aus wie aus Stein oder vielleicht einem besonders edlen Holz. Das Buch sieht aus, als ob es einen Hirschhorneinband hätte, täuschend echt. Aber alles aus Plüsch. Matter und glänzender Plüsch. Vera war drüber erschrocken, weil sie bis jetzt eine so unbewusste wie tiefe Überzeugung hatte, dass es in Arndorf kein Plastik gibt.

Am Buch selbst ist eine Silberplakette, auf der in spiegelverkehrter Schrift das Wort „Karfunkelstein" steht. Die Schrift würde Vera als Elbenkurrent beschreiben. Das Papier sieht vergilbt aus, mit braunen Flecken, aber immerhin ist es kein Pergamentimitat. Sie versucht, im Buch zu lesen, aber obwohl es sehr interessant gesetzt ist, findet sie die Anordnung der Textblöcke so innovativ, und wahrscheinlich sind sie auch so funktionell, dass es schon fast weltfremd ist. Man erkennt, dass darin Fakten, Fiktion und kritische Lektüre von Literatur zum Thema „Karfunkelstein", insbesondere dessen Verbindung zum Thema Arsen und auch Hüttrauch narratologisch verbunden werden, wo es faktisch nicht ausreicht. Auf einer Seite steht in roter Blutschrift: RICH KID HIPSTER DUDE STOLE MY IDEAS, umringt von satanistischen Symbolen und Zaubersprüchen. Es bleibt die Frage, ob das ethisch korrekt ist; ob es wissenschaftlich ist, kann Vera aber nicht beurteilen, weil sie nicht mal die Matura hat.

Anastasia kommt von hinten und fragt Vera nach den Bloggerinnen. Vera hat keine Ahnung, wer die Bloggerinnen sein sollen. Ohne auf die Frage einzugehen, erzählt Anastasia: „Die drei Steine haben eine ähnliche Schwingung wie die Zirbe. Und sie haben auch etwas vom Bergkristall, nur der rote Stein schwingt viel stärker als der gelbe und der graue daneben." Drei Steinarten liegen in der Mitte einer Vitrine. Einer ist kristallartig, einer ist matt und rund, und einer ist eigentlich pulvrig, also kann man schon diskutieren, ob man das jetzt überhaupt noch Stein oder Kies sein kann. Einer ist rot, einer grau-schwarz und einer gelb. Realgar, Arsenopyrit und Auripigment.

Anastasia sagt, es wundere sie gar nicht, dass an diesem Ort hier so viele Leute Kraft tanken können. Weil es ein Ort ist, unter dem heilige Steine liegen. Wenn man in Arndorf ist, ist man in einem Nest. Wie ein Ei im elterlich liebevoll ausgepolsterten Osternest.

Anastasia möchte mit den Seminargruppen das ursprüngliche Leben erforschen, indem sie im Alltag alles das weglassen, was die Leute hier früher nicht hatten. Indem sie sich darauf konzentrieren, was die Natur uns schenkt. Wir müssen nur die Augen und Ohren offen halten und uns auf uns selbst und die Natur richtig einlassen, und dann sehen wir erst die Geschenke, die sie uns macht. Dann brechen sich die Pflanzen selbst ab, legen sich vor uns hin, machen Feuer und bereiten sich selbst zu. Man muss dann nur noch abwaschen. Auch die Tiere bauen sich dann Tierfallen und fangen sich selbst. Im Todeskampf lösen sie sich dann die Knochen aus und filetieren sich. Wir müssen uns dann keine Gedanken um unsere Ernährung mehr machen, weil sich die Ernährung selbst opfert für unseren Körper, der ein Tempel ist, eine Religion ist. Wir brauchen dann nichts mehr, was uns die Natur nicht sowieso schenkt. Also Handys sind aus Materialien aus der Erde. Mutter Erde hat uns die Handys geschenkt, weil sie uns ja auch die Rohstoffe in der Erde versteckt hat, die wir wie Ostereier suchen und finden. Sie hat uns Menschen auch so schlau gemacht, dass wir diese Rohstoffe zu einem Handy zusammenbauen können. Und Wasserkraft, die wir zu Strom machen können. Deswegen können wir unsere Handys dazu benutzen, um mit allen Menschen die Botschaft zu teilen, dass sie sich nur reduzieren müssen, dann gibt ihnen die Natur alles, was sie brauchen! Und wegen der Handystrahlung muss man sich auch keine Gedanken machen, weil uns die Natur auch Heilmittel dagegen geben hat. Realgar, das rote Arsen hilft dagegen. Und das wird auch genau hier abgebaut! „Deswegen soll man auch nicht überreagieren wegen Social Media, sondern im Gegenteil: posten. Die Leute informieren darüber, welche tollen Sachen uns die Natur in Arndorf hier schenkt, und was wir alles draus machen können."

Vera sagt, ihr sei Handystrahlung sowieso egal. Ihr ist Unfruchtbarkeit egal, ihr ist Krebs egal. Sie weiß auch, dass diese Einstellung vielleicht ein bisschen kurzsichtig ist. So wie bei den Expressionisten, über die sie in der Schule gelernt hat, dass sie sich den Krieg gewünscht haben. Warum? Vermutlich eine Art resignative Einfallslosigkeit. Vera wünscht sich auch, dass irgendetwas in ihr oder um sie herum Überhand nimmt, aber die Heilkraft der Steine ist ihr dabei nicht drastisch genug. Auch nicht dramatisch und erschütternd genug. Vera fühlt sich eigentlich in Zeiten wie diesen wohl, mit Wirtschaftskrisen, Kriegen, Nahrungsmittelknappheiten, generellen und tiefgreifenden gesellschaftlichen Unsicherheiten.

„Aber Hunde sind dir nicht egal, oder?", sagt Anastasia, und Vera schaut sie fassungslos und auch ein bisschen aggressiv an. „NATÜRLICH NICHT, bist deppert?" „Aber du weißt schon, dass Loth, Rupert und die Handwerker Hundefelle zum Transportieren vom Kies aus dem Bergwerk benutzen?" Vera ist fassungslos und schaut verstört und noch aggressiver drein, woraufhin Anastasia erklärt, dass die keine Rohstoffe verwenden wollen, die sie nicht aus eigener Manneskraft herstellen können, und außerdem wollen sie historisch akkurate Rohstoffe verwenden und das sind anscheinend Hundefelle. Sie denken, eine große industrieller Verschwörung will sie alle knechten und ihnen ihr Testosteron wegnehmen.

„Die Leute suchen sich höchstens Halt in Verschwörungstheorien", sagt Vera. Sie realisieren meistens nicht, dass es ein Sicherheitsbedürfnis ist, das sie mit diesen Theorien befriedigen. Sie sind überzeugt davon, dass sie einfach nur unabhängig und autark denken. Dass ihr Denken zäh wie Leder ist. Hart wie Kruppstahl und auch ein bisschen schneller als das der anderen. Ein reines, sauberes Denken des edlen Wilden. Nicht korrumpiert durch die Gehirnwäsche von Systemmedien und Werbung, nein. Sondern rein und stark wie ein Gebirgsfluss. Unabhängig wie ein Wolf in der russischen

Tundra. Furchtlos wie ein Soldat in Stahlgewittern. Aber in Wirklichkeit ist es ein verängstigtes Denken. Eines, das keine Doppeldeutigkeiten oder Zufälligkeiten aushält, sondern immer daran festhalten muss, dass alles „aus einem bestimmten Grund“ passiert. Ihnen ist nicht bewusst, dass sie die „dunklen Mächte“, die angeblich die Welt kontrollieren, fast schon anbeten und definitiv irgendwie brauchen, um nicht an der Komplexität der Welt zu verzweifeln. Sie geben diesen „dunklen Mächten“, die sie ihrer Meinung nach so kritisieren, auch große Opfer: ihre Gesundheit, den Kontakt zu Familienangehörigen, auch oft konkret Geld.

Anastasia schaut sie fassungslos an, weil sie mit so intelligenten Feststellungen nicht gerechnet hat. „Du bist was Besonderes, Vera. Aber du musst mehr aus dir herauskommen!“ Vera erzählt, dass sie das schon versucht habe, aber das sei in einer Katastrophe geendet. Sie erzählt, dass sie auch glaube, dass sie etwas Besonderes sei. Besonders sensibel und besonders empfindlich auf toxische Leute.

Sie hat es einmal mit Feminismus versucht und war zu einem feministischen Vernetzungsabend eingeladen worden. Sehr geehrt hat sich damals die Vera gefühlt und extra neues Gewand eingekauft, und sie ist sogar zum Friseur gegangen davor. Sie hat ihr sonst so gut funktionierendes Gehirn irgendwie komplett ausgeschaltet. Die Freude über die Einladung war größer als die Verwunderung, weil solche Leute reden normalerweise nie mehr als das Allernötigste mit Vera. Offiziell war sie nicht wegen der Produkte eingeladen. Aber in der Realität war sie keineswegs, wie in der Einladung formuliert, zum Plaudern und zum Austausch und zur Nachbarschaftspflege bei gutem Tee von der Teehexe (die reichste Frau der Gemeinde, wenn man nur den eigenen Verdienst betrachtet) eingeladen.

Mit dem Übertreten der Türschwelle war sie sofort retraumatisiert. Sie war sich dabei nicht sicher, ob sie irgendwie sauberer oder schmutziger wurde, wegen der Nähe zum Turbobürgerlichen. Vera wurde ihre Identität als Störfaktor bewusst. Sie hat eigentlich schon damit Frieden gemacht, dass sie sich in so Villenkontexten immer wie ein schmutziges Insekt fühlen muss. Sie sieht sich selbst nicht notwendigerweise als irgendwie ein in der Gesellschaft wohl aufgehobenes Subjekt, das wie so ein Katzerl im Schoß von irgendwem kuschelt, sondern mehr als ein Partikel, der, wenn es gerade passt, bleiben kann, aber sonst von jedweder größeren Entität weggefegt wird. Aber ob sie als Partikel akzeptiert wird, hängt eben NIE von ihr selbst ab, sondern immer nur von den anderen und von der jeweiligen Situation.

Als sie in den Salon geführt wurde, wurde ihr schön langsam die demütigende Realität bewusst, dass sie bei einem Charity-Event gelandet ist. Sie war nämlich, wie die anderen orientierungslos und overdressed aussehenden Leute hier als Sozialfall eingeladen. Zusammen mit Alleinerzieherenden, Kranken, Armen und auch Leuten, bei denen alles normal ist, aber die einen „ausländischen" Namen haben, außerdem auch einige, die keine Ahnung haben, was ihr Problem so ist (kurze Haare?).

Also, es war allen sofort klar, dass es zwei Gruppierungen gibt bei dieser Party: Die Sozialfälle, denen geholfen wird, und die andere Gruppe, das sind die guten Menschen, die der Gesellschaft und insbesondere den bemitleidenswerten Kreaturen etwas zurückgeben wollen. Ein CHANCE geben wollen. Jedem Sozialfall wurde ein Mentor zugewiesen. Die Mentoren haben ihre wertvolle Zeit als vollendete Menschen geschenkt. Die Sozialfälle haben „Hilfe zur Selbsthilfe" bekommen. Sie wurden eben auch eingeladen zu einem Parfumvermarktungsrekrutierungsevent. Dort sollten sie dann lernen, wie sie als selbständige Geschäftsleute endlich mal das Selbstbewusstsein entwickeln können, das sie so dringend brauchen. Damit sie auch so vollständige Menschen wie die anderen werden können.

Vera war so überrumpelt und gekränkt, dass sie sofort handlungsunfähig wurde. Sie bekam einen diffusen Selbstekel. Sie hat vergessen, wie man ordentlich Häppchen isst, und sofort schreckliche Blähungen bekommen. Sie war auf einmal ganz klein und ganz zerstruppt. So, als ob ihr aus dem Hals kein Kopf, sondern ein Bund Stroh heraushängen würde. Jeder sieht diese Abnormalität, aber versucht höflich zu überspielen, dass sie keinen Kopf hat, und redet so normal mit ihr, dass es schon wieder verdächtig ist. Genau kann sie die Gefühle nicht benennen, die ihr jetzt durch den Körper schießen, aber sie fühlen sich so endgültig an, so wie zu Hause Ankommen. Wie das Kinderbett von früher, nur so weich, dass sie drinnen versinken muss und nicht mal versucht, aufzustehen, sie versinkt, bis sie im Bettkasten liegt, und von da aus ihr ganzes Leben dumpf mithören kann. Sie ist dabei distanziert, aber ihr Herz ist offen, und es rinnt alles das raus, was sie sich jemals auf sich selbst eingebildet hat. Und das rinnt ihr jetzt auch hinaus, hier in der Villa. Sie macht, was sie in solchen Situationen immer macht: Sie macht mit und hofft, dass es schnell vorbei sein wird.

Ein paar Tage später ist sie ist schon auch zum Parfumdings gegangen. Und weil sie nicht blöd ist, war sie sich auch dessen bewusst, dass die Leute beim Workshop durchaus solide Schastrommeln waren. Und weil sie eben nicht in ihrer Kränkung gelähmt war, wie bei der Party, hat Vera sich dort verweigert. Sie sagt allen, dass sie keinen Instagram-Account hat, obwohl alle genau wissen, dass das eine Lüge ist. Sobald das Gratismittagessen vorbei war, ist sie nach Hause gefahren und hatte den ganzen Tag ein schlechtes Gewissen, weil sie das Essen geschnorrt hat.

Die Frauen im Ort waren begeistert vom Parfumworkshop. Sie berichten über ihre tollen Erfahrungen mit allen möglichen Produkten und auch darüber, dass sie damit so viel Geld machen können nebenbei. Vera schaut sich das an mit einer Mischung aus Belustigung, Interesse, Voyeurismus und auch ein bisschen Neid. Letzteres kann sie sich nicht erklären. Vermutlich beneidet sie einfach die Courage der Charityfrauen, die armen Frauen zu belügen und auszunutzen und sich dabei wahrscheinlich auch noch als Wohltäterinnen zu fühlen. Das braucht einen Charakter, der sich irgendwie grundsätzlich zu Hause fühlt in sich selbst. Viele dieser Leute, die Vera eigentlich als sehr in sich zu Hause und eigentlich recht sorgenfrei bezeichnen würde, werfen ihr manchmal vor, sie sei so selbstbewusst. Natürlich verlässt sich Vera nicht auf andere, weil sie ist, wie oben bereits erwähnt, ein „Partikel". Aber sie fühlt sich dabei weder besonders wohl, noch ist sie dabei ungehemmter als die anderen. Schon gar nicht fühlt sie sich wohl unter Leuten, sie ist nur leidensfähiger, und wenn es nicht mehr geht, geht es einfach zu null Prozent nicht mehr und muss einfach gehen oder sonstige Konsequenzen setzen. Sie fühlt sich eher wie ein Hampelmann-Stapel-Spiel, das recht groß und imposant aussehen kann, aber bei der kleinsten falschen Bewegung in sich zusammenfällt. Das geht ihr auch durch den Kopf, als sie das erste Mal seit der Party bei der Villa vorbeifährt. Als sie der Anblick der Einfahrt und die offene Gartengestaltung vollkommen mit einer nervigen Ehrfurcht, und gleich danach mit einer Mischung aus Unzulänglichkeits- und Neidgefühlen erfüllt. Aber sie weiß schon, dass ihr Neid berechtigt ist und somit nicht unbedingt gleich in die Kategorie der Todsünde oder Ähnlichem fällt.

Also wenn sie in ein Haus ohne Störfaktor, in das Geregelte, hineingeht, dann ist sie sich zu Recht nicht sicher, ob sie dort nur als Fremdkörper denkbar oder möglich ist. Der sie ja auch im Endeffekt ist, weil es ihr dauernd bestätigt wird in ihrem Leben.

Ins Wasser fällt ein Stein
Ganz heimlich still und leise
Und ist er noch so klein
Er zieht auch weite Kreise

So ein Lied aus dem Religionsunterricht, das einem beibringen soll, dass man, auch wenn man selber nicht besonders wichtig ist, einen großen Unterschied bewirken kann. Und in Wirklichkeit bedeutet das, dass jeder kleine Scheiß, den du in deinem Leben machst, von Gott nicht nur gesehen wird, sondern auch, wenn du nur einen Furz zur falschen Zeit machst, dann kann das deinen Status im Himmelreich kompromittieren, wenn nicht sogar verunmöglichen. In irgendeinem Buch hatte Vera mal gelesen, dass Jesus angeblich keine Verdauung hatte. Wahrscheinlich funktioniert Jesus heutzutage auch deswegen nicht mehr so recht; die Leute brauchen wen, mit dem sie sich identifizieren können. Sagt man so. Sie brauchen einen, der ihre Verzweiflung verkörpert eigentlich. Ihre Hilflosigkeit. Sie wissen nämlich, dass sie Übriggebliebene sind in einer Welt, in der man sich eigentlich nichts mehr verweigern kann. In einer Welt, in der so ziemlich alle Verhaltensnormen feststehend sind, und nicht nur die, auch unsere Ausdrucksweisen und unser Blick auf Dinge. Vera wurde bewusst, dass sie sich einen Ort suchen muss und ihre Leute, und dann erst kann sie die innere Ruhe haben, um ihre Kreise zu ziehen. Sie muss sich das Umfeld schaffen, in dem sie schaffen kann. Dafür gibt es keine Vorlage und keine Anleitung. Und dabei geht es gleichzeitig abwärts und aufwärts.

Nachdem Anastasia diese Geschichte gehört hatte, war ihr klar, dass Vera ein MLM-Superstar werden könnte. Sie umarmt Vera und erzählt ihr, dass auch sie ein Geschöpf der Liebe und des Lichts ist. Eine Göttin! Und sie müsse auf sich selbst vertrauen und auf sich selbst hören! Vera fällt fast eine Träne hinunter, und Anastasia tröstet sie: „Lass die Tränen zu, lass deine Gefühle zu! Ahja, und außerdem: Weißt du, dass Loth Kies in Hundefelle füllt beim Bergbau?“ Dann geht Anastasia schnell nach draußen und lässt diese Info bei Vera marinieren.

Zeitverwendung

Erich lädt bei Anastasia Zirbentschutschen aus, die er bei der Wanderung eingesammelt hat. Anastasia wird einige ins Seminarhotel bringen. Das ist das Schloss, in dem die Parfumwokshops stattgefunden haben. Dort werden sie die Tschutschen dann einfrieren, damit man sie vom Frühling für das ganze Jahr hat. Man erkennt die Zirbentschutschen aus dem Frühling daran, dass sie innen rötlich sind. Dort liegt auch ihr Aroma. Deswegen verwendet man zum Zirbenschnaps-Anlegen ausschließlich Tschutschen, die man im Frühling erntet. Die Zirbe wächst in der Nähe der Baumgrenze, also zirka bei 1800 Meter Seehöhe. Arndorf liegt in etwa bei 1600 Meter, also muss man keine besonders weite Wanderung tätigen, um Zirben zu finden. Schon lange vor dem Zirbenboom in den 2010er Jahren hat sich Anastasia zu Hause ein kleines Laboratorium für Zirbenseifen gebaut und zunächst in der Nachbarschaft und dann eben über das Seminarhotel ihre Produkte vertrieben. Anastasia war eine Pionierin auf dem Gebiet zirbenbasierter „fester Haarseife“ und insbesondere „festen Conditioners“. Aber in den letzten Jahren ist die Konkurrenz gleichzeitig mit der Popularität des Produktes ins Unermessliche gestiegen. Fast alle, die anfällig für die Zirbenmythen sind, wissen bereits um die Zirbe und haben sich schon längst mit allem, was man aus Zirbe haben kann, eingedeckt. Um neue Käuferschichten zu erreichen, muss man in die „Tiefe" gehen. Also auch oder vor allem konsumkritische oder konsumzögerliche Schichten erreichen. Anastasia hat beobachtet, dass Besucher ausschließlich direkt vor Ort hergestellte Produkte kaufen wollen. Allerdings gibt es dort kaum welche. Diese potenziellen Käuferinnen haben aber, wenn sie Arndorf mal verlassen haben, keine Lust mehr Produkte zu kaufen, die aus Arndorf stammen. Anastasia überlegt, wie sie ihre Seifenmanufaktur nach Arndorf verlegen kann. In Arndorf interessieren sich die Besucher und Touristen für so mystische Waren „aus der Region". Man muss eigentlich nur die Chemikalien hinaufbringen, irgendeinen Mythos machen und einen Platz in einer Werkstatt oder in einem Atelier oder in einem Haus bekommen. Und Letzteres ist das Schwierigste.

Als sie selber spirituelle Veranstaltungen zu leiten begann, wurde ihr klar, dass Verkauf, wenn man ihn nicht ordentlich verpackt, Misstrauen in die Qualität einer

Veranstaltung weckt. Man muss den Verkauf immer als ethisch oder gesellschaftlich positiv, als produktiv oder außergewöhnlich erlebbar machen, damit man sich die Teilnehmer als Kundenstock und als Multiplikatoren erhalten kann. Die Spiritualität ist ein ziemlich hartes Feld mit großem Konkurrenzdruck geworden. Und für alle ist bemerkbar, dass harte Währungen der Selbstoptimierung mehr zählen als ein Liebeskonzept, das je nach Konsumentengruppe zwischen ätherisch und animalisch lustwandeln kann. Was jetzt zählt, sind harte Wohlfühlwährungen wie: Schönheit (mit den Subgruppen: Schlankheit, Reinheit der Haut, „Ebenmäßigkeit“ generell und gesundem Wuchs von Haaren und Nägeln), Gesundheit (überschneidet sich manchmal mit Schönheit; manchmal ist es gleichbedeutend mit „Heilung“) und auch persönliches Glück (Partnerschaft, Sinnstiftung, Freundschaft oder Erfolg).

Materialiensammeln hat sich trotz höherer Besucherfrequenz nicht vereinfacht. Die Besucher, Bergtouristen und ganz selten Forschergruppen lassen sich nicht fürs Zirbentschutscheneinsammeln begeistern und werden auch weniger und weniger besessen von der Heilkraft der Zirbe. Anastasia fragt zwar, ob ihr jemand Zirbentschutschen mitbringen kann, aber weil so viel los ist am

Berg, fühlt sich keine Person mehr zu guten Taten verpflichtet. Gleichzeitig sehnen sich die Leute aber mehr und mehr nach einem authentischen, minimalistischen Bergerlebnis.

Anastasia stößt auch bei den Handwerkern in den holzverarbeitenden Arbeitsgruppen an ihre Grenzen, weil sie ihr keine Zirbenspäne mehr abgeben. Weil ihnen angeblich die zahlreichen Besucher und Touristen so auf die Nerven gehen, stellen sie weniger Zirbengegenstände her. Die Leute über 1500 Meter Seehöhe entwickeln manchmal eine ganz eigene Form der trotzigen Bösartigkeit, denkt sich Anastasia, vor allem älteren Frauen gegenüber. Aber Erich und Anastasia entwickeln so oder so neue Ideen, um Auripigment und Realgar verkäuflich zu machen. Diese Gesteine basieren auf Arsen, und man könnte das Arsen, das hier abgebaut wird, so wie früher als Medizinprodukt, als Mittel gegen Geschlechtskrankheiten oder als Schönheitselexir verkaufen. Als Energydrink („Hüttdrink“) müsste man es testen, da man Arsen als Pulver früher eher mit Fett als mit Wasser vermischt unter dem Namen Hüttrauch konsumiert hat. Man muss damit sowieso vorsichtig sein, weil man ja behördliche Wege umgehen möchte. Also Eigengebrauch und Subtilität.

Katzengold

Nora, mit der die Bloggerinnen aus ironischer Laune heraus ein herzliches Gespräch geführt haben, erzählt ihnen im Langhaus von einem Shop hoch oben nach einem Geröllfeld, das früher nur über eine riskante Kletterei erreichbar war. Natürlich übertreibt sie damit ein bisschen, aber sie genießt die interessierte Aufmerksamkeit der ihrer Meinung nach normalerweise arroganten Bloggerinnen. Vor einigen Tagen wurde diese Passage aber mit einem neuen Seil mehrfach gesichert.
Es ist fast wie eine Strickleiter. Jede Person, die einen Spaziergang machen kann, schafft es jetzt dorthin. Regionale Nischenprodukte gäbe es dort. Sie sagen, das ist ihnen sogar egal, aber bitte zeig uns den Weg, weil es ist so schön deppert, dass 3,5 Wegstunden vom letzten bewohnbaren Haus im Hochgebirge ausgerechnet ein Shop gebaut wurde. Nora macht das.

Die Wandergruppe sieht von oben aus wie eine flatternd weiße Schlange im Gras. Die Bloggerinnen tragen nämlich weiße Rüschenkleidung. Das Gras ist energydrinkgrün und kurz. Das Braun des Wanderweges hebt sich davon deutlich ab. Obwohl der Weg sehr schmal ist, ist er schon so eingetreten, dass man fast bis zum Knie in der braunen Schneise steht. Er ist tief eingetreten, dabei ist das hier gar kein besonders stark frequentierter Wanderweg. Wahrscheinlich ist es ein Wanderweg der Disziplinierten, die den Unterschied zwischen Wiese und Weg nicht nur akzeptieren, nicht nur respektieren, sondern ihn zelebrieren, den Unterschied glorifizieren und nicht einen Millimeter auf das Grün ausweichen beim Wandern. Wenn die noch dreihundert Jahre lang so wandern, werden sie den Berg entzweilaufen. Diese Form des menschlichen Eingriffs in die Natur wäre

eventuell milder als das mit der Erderwärmung, aber man kennt ja den Film „Butterfly Effect" aus den frühen 2000er Jahren, also kann man so etwas nicht mehr mit endgültiger Sicherheit behaupten.

Das Katzengold glitzert silbern durch die kleinen, spröden Steine, an denen man beim Vorbeigehen besser nicht abrutscht. Diese Steine sehen zwar spröde aus, aber bohren sich mit Leichtigkeit durch die oberen Hautschichten. Wenn man noch dazu den Halt verliert, verursachen sie ziemlich eindeutige Ausrutschabschürfungen, mit so feinen, dünnen, blutigen Linien, anders als so eine ordinäre Asphaltabschürfung mit ihrer flächigen, nässenden und je nach Tiefe und Infektionsgrad von Rosa bis ins Gelbliche oder fahl beige Wundfärbung. Nach einer Asphaltabschürfung kann man die betroffenen Körperregionen nicht mehr dehnen oder beugen, weil es so grindig spannt dann, und die dünne Kruste wegen jedem Scheiß aufplatzt. Eine Katzengoldabschürfung aber entzündet sich entweder nie oder hinterlistig, wundstarrkrampfartig.

Kurze Videos kommen manchmal aus Arndorf heraus und schwirren wo auch immer auf der ganzen Welt herum. Wenn jemand fragt, woher diese Videos sind und wo man das, was die Leute darin erleben, auch selbst erleben kann, wird nicht geantwortet. Denn wer es wissen soll, ist schon längst dort. Wer dort willkommen ist, findet selbst den Weg hin. Auf Social Media sieht man scharfe Gebirge zwischen ruhigen Weiden in der Dämmerung. Und Nora, umringt von deplatzierten Jugendlichen, die rätselhaften Gebilden entgegenwandern und sich dabei gelben Staub auf die Gesichter streichen. Ihre Kleidung wirkt politisch aktivistisch. Man kann sie aber nicht kaufen und auch nicht selber machen. Sie sind ästhetisch frei. Für sie ist auch die Almluft nicht schwer, sie strömt aus und in ihre Lungen, ohne dass sich die Organe dabei irgendwie bemerkbar machen. Natürlich sind sie aber trotzdem nicht gesund. Und das ist gut so. Niemand ist gesund.

Sie interessieren sich nicht für die Verbindung zwischen ihren Körpern und der Natur, oder für die Natur als nostalgische Ursprungs- und Zugehörigkeitsideologie, die für die anderen in Arndorf ein Grundkonsens zu sein scheint. Sie interessieren sich für Geheimnisse, Mythen, soziale Gerechtigkeit und ihre Community und zur Zerstreuung für das Zelebrieren von dummen Sachen. In Arndorf gibt es genug rätselhafte Zwecklosigkeit für sie.

Nacktschnecken, die sich auf roten Blättern winden, und glänzende Käfer am Kot. Blumen, die sehr giftig sind und normal auf Almwiesen herumstehen. Die Pilze aus den Kuhfladen, die den Kontrast zwischen Wanderschuh in Burgundrot und Schnürsenkel in Helltürkis wie eine sakrale Verbindung zu MS Paint legen. Das geheimnisvolle Computerspiel aus Windows 98, The Hover. Man träumt von automatisierten Lieferrobotern in Autodromen, aber das ist eine alte neue Welt. Und das Alter frisst sich durch die Schädelwand, als ob die Vorstellung Rache nehmen würde am jungen Gehirn. Und man will sich die Wickelblusen und die Perlglanzlippen und die Buffalos vom Körper reißen, durch den sich die Zeit frisst, und es legt sich ein Altersfilter über alle Gesichter, die man kennt. Dann ist alles halb so schlimm. Solange man nicht alleine ist. Und dann geht irgendein Wind, und vielleicht fliegt etwas mit riesigen Flügeln vorbei, an dem man sich weder an Gestalt noch an Alter messen kann, und man schläft vielleicht ein, vielleicht geht man in eine Sauna und lässt sich nackt in einem Wasser treiben, das sich warm und salzig anfühlt.

Das Katzengold schimmert, der Granat versteckt sich in denselben Steinen teilweise. Der Schotter rutscht unter den Schuhen weg und prallt auf das Schienbein derer, die weiter unten am gleichen Weg gehen. Die, die sich darüber beschweren, werden die Wanderung nicht lange durchhalten und umkehren, ihre Wut raubt ihnen zu viel vom Atem. Sie gehen zurück zum Lagerfeuer beim Langhaus. Dort finden sie diese teils wahrscheinlich verkleideten Leute, die über ursprüngliche Rollenverteilungen und Nutzen ihres Alltags diskutieren. Sie sehen trachtenartige Fantasiekostüme und Werkzeuge, die vor allem von den Männern unter martialischen Geräuschen in Gestein gehauen werden. Man sieht den Zimmerer, der den Frauen dort Anweisungen über das

Sägen erteilt, und Rupert, der sich über die Arbeitsteilung ärgert, weil er sie für zutiefst unauthentisch hält. Die Gruppe beschließt wortlos, sich nicht zu beteiligen an diesem Schauspiel, und geht schlafen.

Ruhe

Loth hat sich die Ruhe ausgesucht. Man hört nichts außer das Stöhnen der Arbeit, das Metall auf dem Stein, das Rauschen vom Arsenkies, der zum Abtransport in die Hundefelle gefüllt wird. Manchmal das Notwendigste an Kommunikation, um die gefundenen Gesteine und Mineralien zuzuordnen. Sogar wenn Gestein gesprengt wird, ist es ruhig. Wenn wir von der Natur sprechen, vergessen wir oft das Anorganische. Das Gestein. Gestein bewegt sich nur unter hohem Druck oder bei hoher Temperatur. Je mehr Loth am Gestein arbeitet, desto näher ist er an der Substanz von Arndorf. Desto ruhiger kann er schweigen. Desto eher sehnt er sich nicht mehr nach dem Authentischen, sondern er fühlt es. Seine Arbeit wird mehr und mehr zu einem Kreislauf, indem er auch die Früchte der Steine zu konsumieren beginnt und dieses Konsumieren ihm den Abbau vom Stein erleichtert. Das Pulver der Handwerker, das aus dem Arsenkies gewonnen wird, heißt Hidri. Er kann es schon gut vertragen. Es weitet ihm die Lungen und verbessert seinen Status. Er fühlt sich wie ein Ochse. Arbeitsam und dumm. Je dümmer sich Loth fühlt, desto verbundener fühlt er sich mit Arndorf. Das liegt an einer Arroganz, die er an sich selbst nicht sieht. Er sieht an sich nur Selbsthass und „struggle". Ihm sollte es aber zu denken geben, dass er sich heruntertodeln muss, damit er denkt, anknüpfen zu können bei den echten, authentischen Handwerkern.

Aber trotzdem: Egal, was Loth macht, es fühlt sich nie echt an für ihn. Alles an seiner Existenz ist unoriginell. Sogar Überleben ist komplett automatisiert und gesellschaftlich durchorchestriert. Unter anderen haben das Bear Gryls und das bescheuerte Konzept der Resilienz

zu verantworten. Auch das Sterben ist orchestriert. Es gibt jetzt Bio-Begräbnisfirmen. Sterben in Einklang mit dem LIFESTYLE. Das ist es, was die Suizidrate tatsächlich wieder runterschrauben könnte. Einfach die Leute ein bisschen in den Zwang nehmen, sich intensiv was zu überlegen zum Thema Begräbnis. Man will ja einen guten Eindruck hinterlassen. Und man muss so FOMO-Gelegenheiten schaffen wie: Wenn ich mein Begräbnis nicht nice genug vorbereite, kommen dann überhaupt Leute? Und langweilen sie sich dann eh nicht dort? Also wenn man das alles bedenken muss, kommen einige Leute sicher ins Prokrastinieren und verschieben ihren Tod dann halt bis zum äußersten Ende. Weil das

Sterben dann seine dramatische Sexyness verloren hat. Das Erhabenste überhaupt. Man stand früher alleine ein einziges Mal vor dem Tod, und doch traf es alle genau gleich. Man hatte sich dem Tod endgültig zu unterwerfen und konnte ihn nicht mit genauer Planung und nach individuellem Geschmack abgestimmten Zeremonien und Farbschemata, die sich durch Einladung, Aufbahrungsdesign und Leichenschmaus-Tischdeko ziehen, einfangen und abschwächen.

Der Tod hat in der Gesellschaft immer in etwa den gleichen Status und die gleichen Implikationen wie das Reisen. Wie man früher ins Nichts gereist ist, ohne zu wissen, welche Unterkünfte oder Hotels oder Fremdenzimmer am Weg sind. Sich fast blind darauf verlassen hat, dass man von Fremden den Weg erklärt bekommt. Abenteurer aus reichem Hause, wie zum Beispiel Loths Großväter und Großonkel und eine Großtante auch, machten mit Land Rovers Touren durch die Sahara und hatten dafür Reiseführer aus Papier, ihr weltmännisches Selbstbewusstsein aus der Privatschule und Bücher mit Kilometerstandanzeigen und vagen Landschaftsbeschreibungen, anhand derer man sich von Ortschaft zu Ortschaft hantelte. Egal woher man kam, egal wohin man reiste, man war dabei immer halb tot.

Man hatte für nichts Buchungen und Garantien, es gab nur Leute, die darüber informiert waren, dass man zu einem bestimmten Zeitpunkt an einem bestimmten Ort sein sollte. Je weiter weg man war, desto komplett uneindeutiger wurde, ob man sich jetzt überhaupt in ein Gasthaus einquartiert oder sich wo eingeheiratet hat oder sich selbst verkauft hat oder was weiß ich. So erzählen sie dann ihr Abenteuer zu Hause. Aber ehrlich gesagt, diesen Erzählungen misstraut Loth neuerdings. Loth weiß, dass diese Gedanken nostalgisch sind und dass die Nostalgie ein in seinem Kopf fabriziertes Konstrukt ist. Und damit er irgendwie raus kann und irgendwas spüren, muss er die ekelerregende, feuchte, kalte, gierige und faulige Natur selbst erleben. Er will ein einfaches Leben führen. Ohne Leistung, ohne Druck, ohne Erzählungen. Vor allem die Erzählungen nerven ihn. Und dass es nichts mehr außerhalb der Geschichten gibt, die sich die Leute immer wieder erzählen und die sie immer wieder erzählt bekommen, nur immer leicht verändert.

Loth möchte auch im Winter produzieren. Der Körper gewöhnt sich an die Temperatur, die Produktionsmittel können wir anpassen. Die Knappen früher haben keine Schlitten verwendet, sondern sind mit einem Sackzug

Richtung Tal gefahren, beziehungsweise zur Aufbereitungsstelle. Zu den Gifthütten, in dem Arsenkies gerieben, geröstet und als fertiges Hüttrauch von der Decke gekratzt wurde. So ein Sackzug war wie eine Schlange aus Säcken, und ganz vorne sitzt der Lenker auf einem Sack mit so einem Holzgestell herum. Die waren aus Schweinehaut. Rupert arbeitet mit den Archäologen an historisch akkuraten Säcken aus Hundefell, aber das ist ein kontroverses Thema. Außerdem ist noch nicht ganz klar, ob sie früher Hundefell nur im Sommer oder nur bei bestimmten Tätigkeiten verwendet haben. Auch deshalb, hat Rupert den Archäologen gesagt, muss man die Verwendung von Hundefell unbedingt in der Praxis erproben.

Loth kümmern kontroverse Themen nicht. Er denkt über nichts nach außer über seine Schritte und nicht daran, ob er etwas tun darf, muss oder soll. Er denkt, dass er an nichts anderes denken soll als arbeiten. Steine und Kies vom Bergwerk zur Hütte tragen. In dieser Tätigkeit hat er seinen Safe Space gefunden. Natur und Arbeit und danach Müdigkeit. Er versucht, sich abzugewöhnen, Leute zu beurteilen und anzuhimmeln, indem er sich mit der Tatsache versöhnt, dass er nie so eine stille Autorität haben kann wie die Handwerker von

Arndorf, die schweigen und Dinge kreieren. Je mehr er schwitzt und je mehr er sich seine Knie zerschlägt und sich die Hitze in seine Kopfhaut brennt, desto mehr kann er sich schmerzlos eingestehen, dass er neidisch und dabei gleichzeitig überheblich ist. Und dass es allein sein eigenes Gefühl ist, das nicht auf der Unzulänglichkeit von irgendjemand anderem beruht. In solchen Momenten rückt dann Nora mental ganz weit weg von ihm. Wo sie war, ist nur mehr eine Art Ekel.

Innerhalb des Felsens sind die besonders Fleißigen. Sie sehen das Arbeiten drinnen als eine Art Qualifikation. Das ist die Essenz der echten Arbeit. Sie nennen sich „Kumpel" und verwenden Bergarbeiterjargon. Es gab mal eine Grundsatzdiskussion über die Verwendung von elektronischem oder ausschließlich analogem Werkzeug. Die Archäologen, die Wissenschaft und der Masochismus haben gewonnen. Einige haben danach das Dorf verlassen, manche nur die Arbeitsgruppe, was aber durchaus als erleichternd empfunden wurde. Unter Tage, also unter der Erdoberfläche, arbeitend sind die Hardliner geblieben, die sich schinden wollen und nicht nur das, sie wollen sich in möglichst authentischer Art und Weise schinden, mit den originalsten Werkzeugen; so steinzeitlich wie möglich, am besten alles selbst gemacht. Unausgesprochen haben es sich auch zuerst einige, aber dann letztlich alle Bergleute zum Auftrag gemacht, so hart zu arbeiten, dass sie es sich selbst glaubhaft machen können, dass sie ohne Elektronik das gleiche Arbeitspensum erfüllen können. Diese Dynamik drehte sich weiter. Es gibt keine einfältigen, unreinen Technologiejünger mehr, auf die sie herabschauen könnten. Die als negative Projektionsfläche dienen, die ihre eigene Arbeit erhaben und überlegen wirken lässt. Da sie jetzt unter ihresgleichen, also Strebern, Eiferern und Eitlen, sind, sind die Abstände verringert und die gruppeninternen Eliten verkleinert und mehr in Gefahr. Durch den Druck, sich möglichst zufrieden zu zeigen mit der Arbeit. Zentriert, animalisch, naturverbunden, schmerzlos, anmutig, schön und rastlos. Je härter sie malochen, desto tiefer sehen sie auch Arndorf in ihrer Schuld. Allerdings hat sie Arndorf nie nach dieser Arbeit gefragt. Arndorf braucht diese Maloche nicht. Arndorf interessiert sich nicht für die masochistische Selbstverwirklichung der Bildungsbürger unter der Erde, und schon gar nicht ist ihnen Arndorf auch nur ansatzweise irgendeine Dankbarkeit oder irgendeine Ehrfurcht, irgendeinen Respekt schuldig. Etwas, das sie noch realisieren werden müssen, wenn sie vom gelben Arsen erfahren.

Soft Power

Die Lederhosen, das alte Handwerk, die harte Arbeit öffnen den Besuchern in Arndorf die Lungen und geben ihnen ein Gefühl von Heimat und Zugehörigkeit, von Harmonie und Verbundenheit mit der Welt. Loth weiß aber, dass sie sich dabei was vormachen. Alles in der Natur und auch die Menschen darin werden zwar als eine Einheit wahrgenommen, aber als Mensch glauben sie sich in einer Position einer hierarchischen Stufenleiter der Lebewesen relativ weit oben. Erich misstraut in dieser Hinsicht fast allen hier, weil sie eine Abkürzung nehmen, sich automatisch zu den Gewinnern zählen. Also, ohne dass sie davor irgendetwas geleistet hätten. Mehr noch, sie mögen hier niemanden, der eine Idee hat und was draus machen möchte. Überall stößt Erich auf Schweigen und Misstrauen, außer bei den Frauen hier. Die Männer glauben, sie hätten es mit all dieser Zusammengehörigkeit und Harmonie mit den Werkzeugen und Abläufen der Natur, manchmal auch nur durch Geburt, Muskelkraft und mentale Stärke nach ganz oben geschafft. Aber das ist unrealistische Alpenfolklore. Weil es gibt in der Natur eigentlich keine Gewinner. Eigentlich gibt es nur Sachen, die Glück hatten, und Sachen, die Pech hatten. Und für jeden Tiger und für jede Schnecke gilt das gleiche, wenn du Glück hast, bist du morgen am Leben, wenn du Pech hast, bist du morgen tot. Und übermorgen sind wir alle tot.

Im echten Leben gibt es eigentlich nur eine Möglichkeit herauszufinden, ob es einen echten Gewinner im Tier- beziehungsweise Menschenreich gibt. Man müsste die härtesten Versicherungsstatistiker ausrechnen lassen, wer und warum am wenigsten der Gesellschaft „zur Last fällt". Das sind dann die gelungenen Lebewesen, mit sich selbst im Reinen, erfolgreich und gesund. Und wie wir wissen: Wer gesund ist, ist auch wunderschön, deshalb trinken Models so viele gesunde, grüne Säfte und essen Produkte mit erlesenen Inhaltsstoffen. Gleiches gilt für keinen Stress haben im Leben. Also wer keinen Stress hat und regelmäßig Wellness macht und Zeit für Achtsamkeit hat, hat ein besseres, also weniger krankes Leben. Und somit lässt sich irgendwann, wenn der Statistiker die richtigen Parameter aufstellt und alles durchgerechnet hat, der tatsächliche Gewinner der Welt ausrechnen.

Auf dieser Grundlage hat Erich kein Verständnis für Sportleistungen oder für die Freude an der harten Arbeit. Oder für Tapferkeit und Mut. Das sind alles ungemütliche Eigenschaften, die die Natur selbst vermeiden würde, weil diese Tätigkeiten um Krankheit und Tod betteln. Stärke, das Kämpferische, das Unbeugsame – sind nichts anderes als Eigenschaften, die in Menschen kultiviert wurden, um das Leben von ganz anderen Leuten bequem zu machen. Zum Beispiel haben früher Soldaten so sein müssen, weil es noch keine ausgeprägte Luftaufklärung oder Satellitenbilder gab. Deshalb brauchte man Furchtlosigkeit und Risikobereitschaft. Leute, die essenziell waren, um für reiche Leute ihre Territorien zu erweitern, nannte man dann „Pioniere". Die Pioniere wurden gebraucht, um Handel zu erweitern (also eigentlich aufrechtzuerhalten), um Produkte erreichbar zu machen, um eine Privatinsel in der Südsee zu bekommen. Danach wurde die Ehre erfunden, um die aus den gestohlenen Reichtümern gewonnene gesellschaftliche Hierarchie aufrechterhalten zu können. Wenn man da mittendrin steckt in so einem Mechanismus, kann man ihn aber unmöglich durchschauen, man kann nur die Effekte genießen oder man muss sie aushalten. Wenn sie aber früher oder später mit der tatsächlichen Unzulänglichkeit dieser Eigenschaften (Hartnäckigkeit, Furchtlosigkeit, Ehre etc.) konfrontiert werden, packen sie das nicht. Dann haben sie einen Nervenzusammenbruch. Sie glauben, sie brauchen STÄRKE und EHRE, und sie brauchen FURCHTLOSIGKEIT, und sie brauchen HARTNÄCKIGKEIT, um das bekommen zu können, was sie wirklich brauchen. Damit sie erreichen, was sie erreichen wollen. Aber vor lauter Lohnarbeit und daraus resultierender Depression haben sie nicht mal die Ressourcen, um herausfinden zu können, was es eigentlich ist, das sie wollen. Aus lauter Wut und Frust darüber, dass das alles nicht so aufgegangen ist, wie es sollte, erschießen sie dann ihre Freundin. Oder erschlagen sie oder erwürgen sie mit ihrer bloßen Hand. Als letzter verzweifelter Versuch, dieser Welt wenigstens DOMINANZ zu beweisen. Und sie bereuen diese Tat dann nicht, weil der Frau auf der Lebewesen-Stufenleiter der großen Scholastiker und von allen Dialektikern und von allen Philosophen und Denkern sowieso eine dem Menschen untergeordnete Stufe zugewiesen wurde, zusammen mit ein paar anderen. Also sind und bleiben sie gefangen in dieser Zwischenwelt, regiert von Selbstmittleid und Wut. Und da ist für immer ein uneingestandener Neid gegenüber denen, die sich nicht so auf koste es, was es wolle, schinden, und die dann nicht im Widerspruch zu einer realistischen Welt stehen. Die nicht Mut und Ehre irgendwie wichtig finden, sondern eher Gemütlichkeit und sich so wenig schinden wie möglich. Die, so oft und mit wem sie wollen, Sex haben, und es super finden, wenn keiner leiden muss und man die Gefühle von Leuten anhört und sie respektiert. Das macht diese Leute alle krank vor Hass und Verzweiflung.

Mit dieser Grundeinstellung hat Erich eine Art stille Übereinkunft mit den ehemaligen Hippies im Dorf, von denen jetzt eigentlich alle Handwerker sind. Er ist von der Ästhetik her jetzt keinesfalls wie sie. Das bringt durchaus Vorteile. Vor allem in Arndorf, wo Ästhetik eigentlich nur nach außen hin eine konstitutive Rolle spielt. Nach innen ist es mehr so, dass jeder seine ästhetische Schrulligkeit hat und die auch jedem scheißegal ist. Erich sieht aus wie ein Kunststudent, der sich als Hooligan-Prolet verkleidet, wegen seiner Perlenohrringe. Man kann sich nie sicher sein, ob Erich dieses Image bewusst oder unbewusst kultiviert, indem er mit einer verspiegelten Sportbrille in einem Liegestuhl die ganze Zeit Energydrinks säuft. Er denkt sich, ein Energydrink zählt als Soft Drink. Er sieht den Werbeslogan vor sich: Ein Soft Drink mit Soft Power. Erich muss grinsen, weil er seinen eigenen Zynismus so witzig findet, weil so soft ist die Power vom Soft Drink nicht. Ihm schwebt nämlich eine Auferstehung der Fowlerschen Lösung vor. Das ist Arsenwasser, das mal als Wundermittel massenweise verkauft wurde. Vermischt mit Lavendelwasser wurde es als Fiebersenker, Heilwasser, Mittel gegen Schuppenflechte UND vor allem: Aphrodisiakum verkauft. Man kann es aber nicht rebranden, weil man es nicht offiziell verkaufen kann. Man muss es mysterybranden, downbranden. So wie die Zirbenprodukte vertreiben. Das ist sein Konzept, seine Produktidee, die er influencen lassen will. Fast niemand weiß von seiner Idee, außer Patrick, der Zirbenmann. Er mag diese Idee und lacht gemeinsam mit Erich die Leute im Bergwerk aus, die für sie die Rohstoffe gratis zur Verfügung stellen.

Orange

Der Sommer ist für Nora immer überwältigend. Die Hitze lässt sich nicht aussperren wie die Kälte. Die Schwalben schreien, oder sie pfeifen. Wenn dieses Schreien nicht durch die ungeheure Schnelle des Schwalbenfluges wegen dem Dopplereffekt dynamisch klingen würde, wäre ein einzelner Schwalbenschrei beängstigend. Meistens antworten auf einen Schrei gleich mehrere andere Schwalben, und dann hat es was von Grillenzirpen oder weit entfernter Neugeborenenstation. Der Sommer ist, genau wie der Winter, eigentlich eine ruhige Jahreszeit. Das Einzige, was den Winter noch ruhiger als den Sommer macht, ist, neben den Schirmbars, dass er nach nichts riecht. Außer vielleicht nach Glühwein, Schaffellen und Ruten.

Einige der Häuser hier haben so eine Art Steinsockel und drüber liegen aufeinandergelegt dicke Holzstämme, die alle dunkelbraun gestrichen sind. Diese Farbe riecht im Sommer nach Blut und Metall. Blut schmeckt nur nach Metall, aber dieses Rotbraun auf den Häusern riecht nach Blut. Und nach 50er Jahre.

Wenn die 50er Jahre einen Geruch hätten, es wäre dieser.

Nora ist schlau genug, nicht nachzufragen, woher die ganzen Hütten hier kommen. Wer drin wohnt, warum sie gebaut wurden. Nicht einmal nette Kommentare über die Architektur oder Funktionalität macht sie. Aussagen über die Konstitution von Arndorf zu tätigen, bringt einem einen schlechteren Status ein. Das unterscheidet Nora von den Bloggerinnen. Patrick sagt, du brauchst dich nicht vergleichen, Nora. Du bist was Besonderes. Diese Frauen da, die Urlauberinnen,

sind nicht schöner oder besser, sondern einfach alle gleich langweilig und wehleidig. Es ist klar, dass Loth sich für die interessiert, weil er ist auch langweilig und eindimensional, oberflächlich und untalentiert. Patrick kümmert sich, er möchte ständig wissen, wie es Nora geht. Er interessiert sich für ihre Gefühle, für das, was sie gerade belastet, und auch für das, wovor sie Angst hat, was sie bedrückt und wovon sie ein schlechtes Gewissen bekommt. Früher war sie noch nicht bereit für Patrick. Er zeigt ihr, dass sie sich mit niemandem vergleichen muss. Von niemandem eingeschüchtert sein muss. Er analysiert die anderen im Dorf und öffnet sich ihr gegenüber. Erzählt von seiner traumatischen Kindheit, die ihm das Leben manchmal schwer macht. Aber er ist so stark, viel stärker als sie. Sie ist schön, stark und intelligent, das darf sie nie vergessen, hat er gesagt.

Die Besucher, die nach der Frowlerschen Lösung oder nach Karfunkelpulver fragen, werden immer mehr. Nachfragen, warum und woher die Touristen alle kommen, wird Nora aber sicher nicht, weil sie ist ja nicht deppert. Sie mag ihren Status hier. Und vor allem ist sie keine Bloggerin. Patrick sagt, sie ist etwas viel Spannenderes als diese Bloggerinnen, er mag die Touristen auch, rein sexuell, aber mit ihr ist es eine tiefere Verbindung. Mit ihr will er sich etwas aufbauen, für sie wird er sogar Rupert los, der sie so einschüchtert hier oben. Nora legt nach diesem Versprechen ihre Hand in Patricks, sie gehen zusammen mit einem Strauß Kohlröschen Richtung Sonnenuntergang ins Langhaus, aus dem man schon verschiedenartige Schreie und unberechenbare Musik hören kann.

Kosmetik

Nachdem Anastasia am Morgen barfuß durch Arndorf läuft und Pflanzen begrüßt, findet sie wider Erwarten ein leeres Langhaus vor. Nur Vera steht drin herum, und hinter dem Langhaus sitzt Erich und tut supercool. Keine Spur von den neuen Besuchern, die gestern beim Sensen dabei waren und die sie gerne ins Seminar eingeladen hätte. Erich sagt ihr, dass Nora gerade vor einer Stunde mit einer Gruppe irgendwohin losgegangen ist und dass er jetzt selber mal Richtung Hütte oben geht.
Er sagt, Loth ist auch weg, Rupert und die Handwerker sind unterwegs. Alle haben sich zerstreut. Anastasia packt es nicht. Der Gedanke an Nora erfüllt sie mit Wut. Diese arrogante Sau. Glaubt, sie ist was Besseres, redet mit niemandem und wenn sie was sagt, tut sie auf supergescheit, sie schaut niemandem in die Augen und kann nicht mal ordentlich grüßen. Allen verdreht sie den Kopf, aber die wird sich auch anschauen. Wenn die erst mal dreißig ist, interessiert sich eh niemand mehr für sie. Anastasia hat durch ihren Hass neue Energie für die Suche nach Teilnehmerinnen gefunden und stapft wütend durch Arndorf. Tatsächlich findet sie einen

Esoterikseminarteilnehmer nach dem anderen. Aber die Wut ist noch da, weil die Guten, Nützlichen, Jungen und Reichen sind alle nicht da. Anastasia geht zurück ins Langhaus und fragt Vera, ob sie ihr beim Seminar helfen möchte. Nichts lieber als das. Anastasia hasst Vera ein bisschen für ihre Einfältigkeit.

Zuerst aufwärmen. Also alle müssen genau das turnen, was Anastasia ihnen vorgibt. Das ist so ein psychologischer Trick, damit sie sich als Alphatier etabliert in dieser Gruppenkonstellation. Sie kreisen alle mit den Armen und machen Tiergeräusche. Vera pfeift wie ein Murmeltier. Danach sind alle entspannt, und Anastasia beginnt mit dem Vortrag: Jede Region hat ihre Tiere, jede Region hat ihre Pflanzen. Und wie alles hat das auch seinen Grund. Es ist alles ein riesiges Gefüge, dessen Bestandteile sich gegenseitig ihre Daseinsberechtigung geben. Sagen wir so, in kalten Orten bekommt man leichter eine Erkältung. In warmen Gegenden gibt es andere Probleme. Aber Flora und Fauna und auch das Gestein bieten genau in diesen Gegenden entsprechend gegen die typischen Krankheiten dort auch die Gegenmittel. Und im Zweifel nimmt man einfach Vitamin D, weil die Sonne gibt es überall, also kann Vitamin D potenziell auch alle Krankheiten heilen.

Weil auch viele Krankheiten durch die Isolation und durch das Daheimsitzen entstehen, deswegen ist das Sonnenvitamin quasi das beste Heilmittel allgemein und im Zweifelsfall stets einzunehmen.

In der Nähe von Arndorf gibt es viel Granat. „Der Granat hebt die Laune und steigert das Durchsetzungsvermögen. Katzensilber hilft gegen Provokationen und lässt einen bei Machtspielen entspannt bleiben.“ Die Seminarteilnehmer machen sich Notizen oder legen sich Steine an verschiedene Körperstellen, zermahlen sogar manche Mineralien und nehmen sie als Pulver ein. „Aber.“ Anastasia holt Luft. „Es gibt hier in der Gegen auch Gold und Silber und auch das, was man aus der Mythologie als Karfunkelstein kennt. Was nichts anderes ist als Realgar, rotes Arsen.“

„Wir können uns nicht nur unseren eigenen Körper heilen, sondern auch unsere gesamte Gesellschaft. Heilige Steine gibt es überall. Lange vor unseren Religionen, lange vor unserem Denken. Wenn der Steinkult aus einer Gegend verschwindet, dann geht auch die Zivilisation um sie herum verloren.“ Anastasia erzählt vom Stein von Scone, den roten Sandstein, der bei dem britischen Krönungszeremoniell (neben anderen

Steinen und Ölen) eine zentrale Rolle spielt. Unter der Sitzfläche des Königstuhls liegend, wird seine echte Signifikanz von einem Geflecht aus Ursprungsmythen verdeckt. Aber das erzählt Anastasia nicht. Sie erzählt nur eine halb fiktive Erfolgsgeschichte von Anfang bis Ende. In dieser Geschichte kommen keine Widersprüche und keine unlogischen oder sinnlosen Verflechtungen und Verwirrungen vor, wie sie im echten Leben aber STÄNDIG passieren. Wie zum Beispiel, dass sich die Ursprungsmythen je nach Herrschaftsanspruch beliebig ändern. Zu den britischen Kolonialzeiten tauchten Herkunftsgeschichten rund um diesen Stein auf, die vielleicht nicht ganz zufällig nach Ägypten, Jerusalem und so weiter verwiesen. Früher, als sich das Königreich vereinigte, war eine schottisch-englische Identität dieses Steines wichtig. Und noch früher wurde der Stein biblisch legitimiert, die Grundlage für jede Legitimation des Adels, eingesetzt durch Gottes Gnaden. Deswegen sind die aus dem Adel auch alle so tief gläubig. Nur deswegen, wenn sie mit sich selbst ehrlich sind. Die Symbolik des Steins von Scone liegt darin, die Verbundenheit zwischen Herrscher und Untertanen zu verkörpern. Also das britische Königshaus sitzt wortwörtlich mit seinem Herrscherarsch auf diesem Stein. Von den Kronjuwelen reden wir da noch gar nicht.

Aber Anastasia erzählt etwas von Magie, von der Natur, die magisch ist, und die auch unsere magischen Kräfte erwecken kann. Weil die Natur ist so verliebt in uns, weil wir so etwas Besonderes sind. Die Kursteilnehmer nicken verschwörerisch und machen sich Notizen.

So ziehen sich Anastasias Gedanken von der Antike und bisweilen auch Vorantike hoch bis zum heute betriebenen Heilsteinkult mit Rosenquarz, Bergkristall und Himalayasalz. Sie beginnt, langsam und beschwörerisch zu reden: „Wenn das Material da ist, kann man sich festhalten. Wir müssen nach den heiligen Steinen in der Gegend HIER und nach den Faktoren, die diese Heiligkeit entweiht haben, suchen! Noch bevor die Zeitenwende kommt! Wir sind Ritter auf der Suche nach uns selbst! Und das ist unser heiliger Gral." Diese Art ultimative Manifestation muss ein Stein sein. Etwas Magisches, der Gott des Essentialismus, hinter dem Anastasia immer schon eine Göttin vermutet hat. „Die Wende wird kommen, das Establishment kann sich nicht länger hinter seinen Verbrechen verstecken, alles bricht in sich zusammen. In den Bergen sind wir sicher vor Atomkrieg, Inflation und Killerviren. Hier herrschen Selbstständigkeit, Zusammengehörigkeit, Unabhängigkeit und Liebe. Alles andere gehört geschlachtet."

Vera bemerkt, dass der Großteil der Seminarleute tatsächlich sehr gespannt zuhört. Sie wollen tatsächlich auf die Steinsuche gehen. Wahrscheinlich sind sie verzweifelt und krank. Oder vernachlässigt und hinuntergetodelt von ihrem sozialen Umfeld. So wie sie selbst. Für die Leute ist die im Seminar dargestellte Parallelwahrheit eine Erleichterung. Weil die richtig hungrig darauf sind, sich mit anderen zusammenzutun und neue Wahrheiten zu leben. Deshalb wollen sie permanent Teil dieser anderen Wahrheit sein, in der sie diejenigen sind, die sich auskennen. Sie sind die mit der Wahrheit und mit der Würde, und nicht die andere, schlechte Gesellschaft.

Das Seminar hat die Struktur von einer Schule. Das feste soziale Gefüge, die soziale Sicherheit und damit auch die sehr realistische Aussicht auf Freund-, Bekanntund Liebschaften. Aber sie sagen, sie sind das Gegenteil von Schule. Sie entlernen alles, was die Schule ihnen falsch beigebracht hat, aber sie SIND ironischerweise einfach wirklich selbst eine Schule. Die Einsamkeit im Alter oder die 40-Stunden-Woche lassen die Leute, auch wenn sie selber überhaupt nichts spüren, wenn sie sich einen Rosenquarz aufs Herz legen, treu bei jeder Veranstaltung und bei jedem Seminar dabei sein. Dazu kommt noch eine Arroganz, die eigentlich nur aus Minderwertigkeitsgefühlen resultieren kann. Sie haben alles durchschaut, was die Schlafschafe zu blöd sind zu verstehen. Sie halten sich nämlich für auserwählt, als Einzige unverdorben und resistent gegen jede Form von Propaganda. Aber Hauptsache, sie glauben gleichzeitig jeden Scheiß auf Telegram und Facebook. Interessant für Vera sind diese Gemeinschaftskonstruktionen nicht, sie ist nämlich nicht eitel und dumm gleichzeitig, sondern sie wird eher beim Begriff Edelsteine hellhörig: Granat, Pyrit, Auripigment, Arsen. Sie fragt sich, warum man nicht schon längst Gebrauch gemacht hat von diesen Rohstoffen hier. Hier sieht Vera nämlich eine argumentative Basis, um einen Werkstattplatz in Arndorf bekommen zu können.

Vera bewegt sich mit großer Leichtigkeit, die nicht zu ihrer relativ niedrigen Stellung in der Dorfhierarchie passt, durch Arndorf. Seminarbesucher fühlen sich wohl bei ihr, sie erzählen ihr traumatische Erfahrungen oder solche, von denen sie behaupten, es wären Traumata. Sie sprechen viel über ihre Kindheit, über ihre Hoffnungen und Wünsche, auch wenn sie noch so deppert und banal sind, auch wenn sie noch so brutal und traurig sind. Vera wird einfach extrem unterschätzt, was sie zu einer der informiertesten Personen in der Region macht. Anastasia sieht dabei aus wie eine gütige Volksschullehrerin. Sie wirkt auf Rupert extrem verdächtig, aber nicht aus realistischen Gründen, wie Veras tatsächlich gefährlicher Informiertheit, sondern weil er ältere Frauen, die was Lehrerinnenhaftes haben, prinzipiell grundlos hasst. Aber das weiß er selbst nicht, weil er davon überzeugt ist, das ist die Schuld dieser Frauen, weil sie ihre ganze Existenz so nervig gestalten.

Veras hat die Grundkompetenz, auf eine sehr breite Zielgruppe gleichzeitig unglaublich tollpatschig, aber auch unauffällig, sympathisch und bedingungslos vertrauenserweckend zu wirken.

Vera weiß, dass man, wenn man jemanden von irgendeinem Gedanken überzeugen will, auf keinen Fall zu schnell sprechen sollte, auf keinen Fall zu intelligent daherreden sollte, stattdessen einfach formulierte, einfache Wahrheiten mit klarem Gut und Böse. Nur nicht zu kompliziert! Aber Anastasia klingt so, als ob ihre Gedanken gar nicht aus ihrem Kopf kommen, wenn sie so schnell spricht, sondern als ob die Lippen und die Zunge ein feststehendes Bewegungsschema zusammen mit dem Ausatmen eine Choreografie aufführen, die völlig losgelöst ist von der Person, die an diese Körperteile angeschlossen ist. Anastasia ist keine begabte Politikerin! Ich selbst bin es schon!

Vera ist von dieser grundlegenden Wahrheit, die sich ihr gerade offenbart hat, so eingenommen, dass sie kurz das Gefühl hat, zu schweben, es war etwas Außerkörperliches, als ob sie selbst der Atem von irgendetwas Größerem wäre, und sie sieht aus diesem Zustand heraus die Anastasia und bezweifelt, dass Anastasia jemals so ein Gefühl hatte.

Oben ist eine Hütte

Die Besucher, die Rupert vorhin beobachtet hat und die wie aus einer Preview zur übernächsten Balenciaga-Show ausschauen, betreten endlich die abgelegene Hütte ganz oben. Sie haben es mit malträtierten Schienbeinen und außer Atem zur Hütte geschafft und tun jetzt so, als ob sie sterben müssten, nur, weil sie ein bisschen müde sind. Viele haben unerklärliche Kopfschmerzen. Nora stellt ihnen einen Saft aus Fichtensprossen hin, den sie wortlos trinken. Ihnen wurde nämlich von Nora nahegelegt, nicht zu viele Fragen zu stellen, wenn sie von Arndorf irgendetwas Bleibendes, wie zum Beispiel ein besonderes Erlebnis oder ein besonderes Andenken zum Angeben, mitnehmen wollen. Und es gibt nicht viele Orte, die so eigenartig und verschwiegen sind und trotzdem einfach funktionieren.

Sie haben sich etwas Rustikales erwartet unter „Hütte am Berg“. Also zum Beispiel Holzverkleidungen. Wie Tourismus-Almhütten aus dem Skiurlaub. Diese Ausspeisen, im Kern wahrscheinlich irgendwas mit Beton und darüber Schicht um Schicht Holzverkleidung außen und innen. Altes Holz, Reste von halb abgebrannten Ställen, für das authentische Gefühl. Zwischen den Tischkojen so kleine Wände mit winzigen Fenstern, vor denen so geschirrtuchgroße Fetzen als Vorhänge herumlungern. Absurd klein. Wie es sich für die Gemütlichkeit gehört, ist das Fenster quadratisch und hat auch ein Fensterkreuz. Ein komplett absurdes Fensterkreuz, das nur über die einzige Scheibe geklebt wurde, ohne irgendeine Notwendigkeit. Ohne irgendeine Funktion. Die einzelnen Tische werden in solchen Almhütten durch die Nachbildung einer Fantasiealmhütten-Außenfassade abgetrennt. Absurd filigran ausgestaltet mit Miniaturfensterbank und Ornamentschnitzereien. Über dem Eingangsbereich innen ragt eine winzige Empore auf, die mit Balkonlatten mit so ausgeschnittenen Herzen begrenzt wurde. Die Empore fungiert als eine Art Display für ausrangierte Geräte aus unterschiedlichen Epochen, die alle etwas Landwirtschaftliches suggerieren sollen. Dazu auf jedem Stofffetzen Kreuzstichelemente. Man findet dieses Allerlei aus Hirschgeweihelementen und alten Metallwaren zwar geballt auf dieser musealen Schauempore, aber der Alpenramsch ist im ganzen Innenraum verbaut, vor allem als Lampen oder Lampenschirme. Manchmal gibt es dann auch ein Wilderer-Stüberl, davon bekommen die kleinbürgerlichen Emporkömmlinge aus der provinzialen Großstadt dann immer eine Erektion. Weil sie wollen sein, wie sie sich den Wilderer vorstellen. Einsam, wild, unberechenbar etc. Der Wilderer hat einen sexy Dreitagebart, praktische und vernünftige Kleidung, die nach gesundem, natürlichem Moschusschweiß riecht. Und er kennt keine Angst. Er hat keinen Wohnsitz. Er lebt ein einfaches, aber hartes Leben in Einklang mit seinen Instinkten und Impulsen. Er kennt keine Sehnsucht und keine sexuelle Frustration, weil er sich holt, was er braucht. So wie Samantha aus *Sex and the City*.

In Kommunen – und Leute, die schon mal in Kommunen waren aus dieser Gruppe, wissen das – gibt es gemeinsame Grundwerte. Eine irgendwie geartete Form der Sexualität, eine Ernährungsform oder ein gemeinsamer sichtbarer oder unsichtbarer, konkreter oder ideeller Feind beziehungsweise Gott. Meistens ist das in der jeweiligen Kommune nicht schwierig herauszufinden, wer oder was das jeweilige Leitbild ist. Das berücksichtigt man dann in jeder sozialen Interaktion. Man kann sich nach klaren Regeln profilieren und letzten Endes dann auch profitieren davon. Deswegen leben Leute letztlich auch überhaupt erst in Kommunen. Sie wollen sozial profitieren – Sozialaufstieg. Sexuell profitieren. Finanziell profitieren. Psychologisch profitieren. Gesundheitlich profitieren. Ideell profitieren. Niemand war je selbstlos in einer Kommune. Außer eben in Arndorf. Es ist selbst für diese Besuchergruppen aus mehr oder weniger kommunenerfahrenen Leuten völlig undurchsichtig, an welche Verhaltenscodes man sich hier halten soll, oder – noch verwirrender – wer hier die Definitionsmacht innehat zwischen dem, was konstruktiv ist, und dem, was destruktiv ist. Es gibt so ein sinnloses Nebeneinander zwischen avantgardistischer Ästhetik, nostalgischer Esoterik und auch irgendwie Forschung und Technik.

Nora ist gerne in dieser sinnlosen Hütte, weil sie sich nirgends mehr zu Hause fühlt als an einem Ort, den andere für sich einnehmen wollen, ihn aber nicht einmal ansatzweise fassen können. Sie hat ein relativ gutes Gespür dafür entwickelt, welche Kombinationen aus Verhalten, Dekoration und Gerüchen alle ein bisschen irritieren, aber nicht stören. Sie hat in einer alten Vitrine Substanzen ausgestellt, von denen sie je nachdem spannende und/oder zutreffende Geschichten erzählen kann, oder spannende erfundene Geschichten. Daneben liegen auch Gegenstände, die nicht so ambivalent sind, damit sich die Leute auch selber was ausdenken können und Erfolgserlebnisse haben, wenn Nora mal nicht da ist.

Ihr hat nie wirklich wer auf die Frage antworten können, welchen Nutzen diese Hütte eigentlich mal hatte. Patrick, ein Zimmerer und Rupert haben das Projekt mit Hilfe von ein paar Touristen finalisiert. Dann allerdings gab es einen Streit um Strom, und Rupert hat sich deswegen jahrelang aus Arndorf ferngehalten. Rupert wollte keinen Strom, aber den anderen war es wichtig, ZUMINDEST das Potenzial für Stromanschlüsse zu wahren, auch wenn Rupert sich persönlich gewünscht hat, dass nie Strom hier hinaufgeleitet wird. Das Problem war, es gab nur ein bautechnisches Ziel für das Projekt: möglichst effiziente Dämmung im Sinne von Wärmeisolierung zu erbauen, in Kombination mit viel Fensterfläche. Die Wand soll so dünn sein, dass es aktiv auffällig ist, bei kaltem Wetter nicht darin zu frieren. Es soll sich widersprüchlich anfühlen. Der Bau war durchgehend von der Idee eines Experiments geleitet und hat sich keiner Zweckmäßigkeit und keiner potenziellen Nutzung des Objektes verschrieben. Aber es gab während den Bauarbeiten nie eine Idee zum Zweck, zum Nutzen. Also haben Nora und Erich still und heimlich eine Stube mit ganz subtiler Ironie eingerichtet und so etwas wie eine selbstironische moderne Almhütte kreiert. Eine post-almhüttische Almhütte.

Hüttenwirt

AlIen Touristen ist gemeinsam, dass sie ganz weit weg von den Produkten, die sie kennen, sein wollen. Sie kaufen nur, was anders ist als das, was sie kennen. Eigenartige Tees. Sie glauben, dass sie abgekühlt eine andere Wirkung haben.

Erich experimentiert mit Essen, Schlafmöglichkeiten. Er schaut sich an, wie weit die Leute gehen und wie weit er gehen möchte. Wie glaubhaft er sein kann. Sie experimentieren mit Beziehungen. Mit Bekleidungen, vor allem mit Ästhetiken.

Sie wollen nicht nach Arndorf kommen, um sich klassisch in einem Bauernladen etwas Schönes oder Gesundes zu kaufen. Es geht um die Steigerungsform von Nachhaltigkeit. Sie würden nicht im BIO-Laden kaufen, wie die Körndelmütter und die Bobohippies. Sie würden höchstens direkt an einen Bauernhof fahren, mit einem Elektroroller im Extremfall, und bei der Ernte ebendieser Lebensmittel helfen, die sie sich dann von dort mitnehmen. Dann würden sie nach Rezepten von internationalen Bauernfamilien einmalige Speisenfolgen zum kommunalen Verzehr kreieren. Im Körper breitet sich dann mit jedem Bissen die Sinnhaftigkeit ihrer sakral-natürlichen Elemente aus und kleidet sie von innen mit der besten Version ihrer Selbst aus. Die Natur hat aber mehr zu bieten als Brot, Butter, Marmelade und Fleisch. Mehr als das Holz und den Lehm und den Rindenbast. Mehr als den Granat, das Silber und das Gold. Nämlich die Geschichten über die Rohstoffgewinnung, die Art, wie die Körper zu diesem speziellen Lebensmittel gekommen sind.

Die Leute gehen auf den Berg, um wegzukommen von den Strukturen, die sie in ihrem Alltag ertrinken lassen. Sie steigen hinaus aus der Stadt mit ihrem Verkehrsnetz, in dem alles sich von A nach B und wieder zurück bewegt. In dessen Verkehrsmitteln sie so selbstverständlich und mit einfältigem Grundvertrauen in die Technik sitzen. Sie wollen weit weg von allen Stromleitungen zwischen ihnen und dem Himmel. Weg von den Straßen, die so ein fixer Bestandteil in der Funktionalität insgesamt sind. Die sich nicht mehr zweckentfremden oder vereinnahmen lassen. Sie fahren dorthin, wo es keine Adressen gibt, keinen Mobilnetzempfang, außer man hat futuristische oder sonstwie erlesene Technik, die die Leute sich wundern lässt, warum sie eigentlich funktioniert. Es werden keine Dokumente ausgestellt oder verlangt. Sie fahren dorthin, wo es wurscht ist, wer sie sind. Und wenn sie zurückfahren, wollen sie sich etwas mitnehmen davon. Etwas, das den rätselhaften Freiraum in Arndorf verkörpert.

Nora sammelt Rohstoffe und legt sie in der Hütte aus. Sie flechtet Gestrüpp. Diesmal zu maskenartigen Gebilden, weil sie damit den touristischen Wahn nach den Perchtenläufen verarbeitet. Sie flechtet Gesichter, die sich auflösen in den Fasern und Rinden und Blüten, frisch und trocken. Die Blüten verschmelzen mit verstörenden Gesichtszügen, die einbrechen auf die Netzhaut
wie Chlorwasserberge auf Kinderaugen im Wellenbad.

Nora mischt Tees hinterm Tresen, liest in alten Büchern nach, ob und wenn ja, wie giftig die einzelnen Bestandteile sind, und probiert sie manchmal an Patrick aus. Er ist zu stolz, um seine Angst vor Vergiftung zu artikulieren, und ist erleichtert, wenn sich Nora mit den Gräsern, Rinden, Heu- und Strohgebilden beschäftigt statt mit anderen Leuten. Sie hat die ganze Hüttenfläche weitläufig ausgelegt mit diesen Pflanzenbestandteilen und Tage verbracht, um sie nach Dicke und Oberflächenbeschaffenheit, nicht aber nach Farbe zu sortieren. Als einige Besucherinnen mit weißem Humanacontainer-Diebesgut bekleidet sich in der Hütte einfinden und niemanden grüßen, sondern sich gleich mit der Verarbeitung der verschiedenen Fasern hin zu einer Art hypersexueller Zottelanzug beschäftigen, ist sich Erich nicht sicher, ob das vereinbart war mit Nora oder nicht. Auch er will Teil sein von was auch immer das alles hier wird und bietet den Leuten Auripigment an.

Gold und Silber aus dem Bergbau sind für Erich von der Verwendung her nicht so interessant wie das Arsen. Es ist ein Element, das von der Alchemie für alles Mögliche von Glaserzeugung bis hin zur Medikation verwendet wurde. Das starke Gift tritt in der Natur nur in Verbindung mit anderen Elementen auf anscheinend. Und manchmal geht es so konzentrierte Verbindungen ein, dass dabei ein schönes, goldenes Farbpigment, Auripigment, entsteht, das für eine große Menge italienischer Renaissancegemälde mit verantwortlich ist. Und dann in weiterer Folge für den anhaltenden Mythos, dass man den Pinsel nicht ablecken darf nach dem Malen, weil das so ungesund ist. Und für den Mythos, dass das Gelb eines der stärksten Pigmente ist, das alle anderen vertreibt beim Malen. Aber auch in seiner aufbereiteten, also in Gifthütten unter die Umgebung verpestendem Gestank gerösteten und als Staub von der Decke gekratzten weißen Form wurde es fässerweise gefördert und in die ganze Welt für rätselhafte Zwecke exportiert. Als Heilmittel, als Holzbearbeitungsmittel, als Insektengift, für die Glasfärbung, als Haarentfernungsmittel.

Das gelbe Farbpigment aus Arsen kommt in Kristall- oder Puderform auch in der Natur vor. Erich hat zwei schöne Auripigment-Kristalle und legt sie den Bloggerinnen auf den Tisch. Sie schauen ein bisschen irritiert, noch bevor Erich irgendwas sagen kann, bestellen die Bloggerinnen einfach Getränke bei ihm. Hier hat er die Chance ergriffen und ihnen nonverbal vermittelt, dass er kein Kellner ist. Und dass sie sich entlarvt haben als bürgerliche Alltagskonsumentinnen mit diesem einfältigen Verhalten ohne jede Finesse. Sie haben das dann aber dadurch kompensiert, dass sie den Kristallen übermäßig Respekt gezollt haben, und sie haben sich darin auch irgendwie gefallen, also gleich auch mal ein paar interessierte Fragen gestellt. Es ist gar nicht so einfach zu gewinnen, man muss hier ein bisschen aufsteigen und in einen aufgelassenen Stollen hinunter, in dem früher Silber abgebaut wurde. Sie geben ihm zu verstehen, dass sie das sehen wollen. Wieder ein subtiler

Befehl. Sie sehen herab auf Erich, was er genießt von diesen Bloggerinnen. Heute ist nicht nur deswegen ein guter Tag, sondern auch weil Erich zusätzlich gerade herausfindet, wie sich das Farbpigment in Wirklichkeit verhält. Er hat ihnen zwar gesagt, dass das eigentlich schon auch giftig ist, aber nachdem er erwähnt hat, dass es auch als Rauschmittel verwendet wurde, haben sie alle Skrupel verloren und damit begonnen, sich den Auripigmentstaub gegenseitig als Lidschatten aufzutragen und sich mehr oder weniger diskret damit zu fotografieren, wie sie aus dem Kristall Staub machen und sich den dann auf die Augen schmieren. Von so einer Entdeckung hätten sie nicht zu träumen gewagt.

Logistik

Arndorf ist keine Freizeitfabrik. Es gibt in Arndorf nichts zu besichtigen und eigentlich auch nicht wirklich was zu erleben. Also zumindest nichts, was man einfach organisieren, lesen, finden und nach Gebrauchsanweisung nachmachen kann. Man kann sich nicht einfach einmieten und dann Aktivitäten planen. Es gibt keine Guides oder Reiseführer. Entweder irgendwer interessiert sich für einen und man wird dann irgendwohin mitgenommen oder man kann irgendetwas besonders gut oder sonst etwas. Das ist hier keine Freizeitfabrik in Arndorf. Kein Urlaubsort. Keine Zuflucht.

Arndorf ist ein Ort kurz vor einer Vegetationsgrenze ins Unwohnliche. Mit steilen Hängen neben abfallenden Wiesen, die nach unten hin in Wälder übergehen. Die legen sich wie ein Gürtel zwischen Arndorf und dem Tal mit dem echten Leben. Weiter oben gibt es strauchige Wälder, die sich am Boden entlangziehen wie ein müder Wanderer, der sich auf allen Vieren weiterzieht. Von hier aus sieht man keine Straßen. Es gibt nur Wege, über die man sich nur mit dem eigenen Körper oder höchstens mit einem besonders geeigneten Fahrzeug mit besonders geeigneten Erlaubnissen raufschlängeln kann.

Erich ist in der Hütte oben keineswegs autark und auf diese Wege angewiesen, um Lebensmittel und Gebrauchsgegenstände nach oben zu befördern. Alles zu Fuß und bei jedem Wetter. Er kann den Weg schon nach wenigen malen auswendig und ist von jedem Strauch genervt, der ihn daran erinnert, was danach kommt, und somit auch daran, dass er noch einen weiten Weg vor sich hat. Alles am Weg, nicht nur die Pflanzen, Bodenbeschaffenheit, die Felsen und manchmal die Tiere, sondern auch die Geräusche und Temperaturschwankungen des Weges kennt er irgendwann. Und alles daran erinnert ihn ständig an zwei Dinge. Erstens dass er noch nicht angekommen ist und noch ein ziemliches Stück vor sich hat und dass er nicht fit genug ist eigentlich. Zweitens dass er seinen eigenen Körper nie hundertprozentig unter Kontrolle hat. Oft ist ihm schwindlig, oft ist er krank oder hungrig. Viele Leute schon sind durch so monotone Arbeiten in der im Grunde eigentlich immer feindlich gesinnten Natur zerbrochen und haben sich in Geduld und Demut geflüchtet, um nicht zu verzweifeln an ihrem Leben, das nach dem gleichen Prinzip wie Fließbandarbeit, nur eben gefährlicher, abläuft.

Aber Erich will nicht die Bitch der Natur sein. Er will niemandes Bitch sein. Sein ganzes Leben bisher bestand darin, sich aus einem Abhängigkeitsverhältnis zu entfernen, und das braucht ein abgebrühtes Gemüt, gute Beobachtungsgabe und einen klaren Verstand. Man darf nicht gegen die Zustände, sondern man muss mit ihnen arbeiten. Erich kennt das schon seit seiner Kindheit und auch, weil er seine Eltern bei ihrer kräfteraubenden und ausweglosen Lohnarbeit beobachtet hat, die doch nie ausreichend Geldmittel abgeworfen hat, die Mechanik dieser Realität. Und dass es nichts außerhalb gibt, sondern nur gemütliche und ungemütliche Positionen darin.

Tourismus spielt bei der Dorflogistik eine größere Rolle, als allen lieb ist hier. Natürlich ist das hier kein normaler Tourismus. Es ist ein bisschen so, als ob die Leute Familienbesuche machen würden. Auch dass es nach einer gewissen Zeit langweilig wird. Auch dass man sich für einige Tage gut einlassen kann auf das ungewohnte (einfache) Essen.

Die Handwerker verweigern sich schon länger dem Zirbenbusiness. Erich weiß, dass das nicht aus einer Laune heraus geschieht. Einige hier denken das, aber die sind einfältig. Eigentlich ist das eine Selbstregulierung von Arndorf. Es stößt die Produkte ab, die ihm nicht guttun. Erich weiß, die Zukunft ist Arsen. Das Pulver, das so viele beim Wandern immer auf das Speckbrot streuen. Das, was sich die Künstler beim Videodreh tatsächlich ins Gesicht schmieren. Aber es ist viel mehr als das. Als Heilwasser und als Schönheitsmittel, manchmal aber auch als Mittel gegen Leukämie oder als Aphrodisiakum wurde es früher verkauft, genau wie die Fowlersche Lösung bis weit ins zwanzigste Jahrhundert. Das Schönheitswasser wird in Arndorf einfach mit Rosenwasser, das Heilmittel gegen Leukämie und Schuppenflechte mit Waldmeisterduft und das Aphrodisiakum mit Lindenblüten und Honigduft verfeinert. Am besten aus Realgar, das Vera als Karfunkelstein bewerben wird. Es passt auch gut zusammen, dass die Inhaltsstoffe illegal sind und die Vermarktung als absoluter Geheimtipp erfolgen soll. Niemand darf genau wissen, woher diese Produkte kommen. Aber unterbewusst soll man sie kennen. Es soll als Insidernetzwerk funktionieren. Heute liegt das Kapital im Privaten, im Rätsel, im unerreichbaren Abenteuer.

Erich muss nur noch die Anti-Handy-Lobby im Bergwerk zum Schweigen bringen.

Handwerker

Rupert kann kaum glauben, dass jemand so souverän durch so dichtes Gestrüpp gehen könnte. Er hat einen weißen Stallhut auf mit einer orangenen Krempe. Er trägt eine Schnittschutzhose von Husqvarna ohne Hemd drunter. Man sieht seine Brusthaare, die brauner sind als die aschblonden, schulterlangen, leicht gewellten Locken, die aus dem Fischerhut, den hier jeder Stallhut nennt, herauswackeln. Er hat eindrucksvolle Oberarme, aber er wirkt wie aus dem Fitnessstudio. Rupert schaut beschämt weg, während Patrick, der Zirbenmann, hinter sich einen kleinen Baum, etwa in Größe eines Christbaumes, herschleift. Hinter Rupert geht Loth schweigend und trägt eine Motorsäge. Man sieht deutlich, dass sich Loth das Gewicht der Motorsäge nicht anmerken lassen will. Der kleine Baum soll am Dachstuhl angebracht werden. Rupert weiß genau, dass man hier oben über 1500 Meter Seehöhe kein neues Dach bauen darf. Aber er darf das auch einfach nicht bemerken. Rupert gefällt nämlich, dass dieser Brauch hier aufrechterhalten wird, insbesondere weil das Haus absolut keine folkloristischen Elemente aufweist. Das

Haus ist stilsicher, das heißt, ökologisch und mit Materialien aus der Umgebung renoviert. Vergrautes Holz, schmale, einfache Latten. Keine Vorhänge. Keine Blumentröge, kein regelmäßiges Sensen rund ums Haus. Nur Wäscheleinen, die zwischen zwei Bäumen vorne weit gespannt sind und sich nach unten beugen. Mit weißem, duftendem Bettzeug drauf, das eine junge Hausfrau und Mutter sorgsam glattstreicht.

Rupert sagt so wenig wie möglich, während er die Arbeit von Patrick beobachtet, die sehr professionell und sehr improvisiert ausgeführt wird. Improvisiert heißt

hier nicht dilettantisch. Im Gegenteil. Jede einzelne improvisierte Bewegung ist routiniert, besteht aus jahrelang ins Muskelgedächtnis eingehämmerten Teilbewegungen. Die Bewegungen, die die Arbeitsschritte erfordern, hat Patrick offensichtlich nicht im Zusammenhang mit bestimmten Aufgaben oder anderen Arbeitsschritten erlernt, sondern sie eher aus anderen, bekannten Arbeitsschritten zusammengebastelt. Das ist die Autodidaktik der Landbevölkerung, der Hausverstand. Wenn man Patrick beim Arbeiten zuschaut, ist es, als ob man einem genialen Pianisten beim Spielen zusieht. Patrick hat wache, braune Augen, irgendwie ähnlich wie Heath Ledger, aber ein Mindset, das

Rupert versichert: Patrick weiß nicht, wer Heath Ledger ist. Seine Arme sind stark, aber nicht aufgeblasen wie vom Fitnesscenter. Seine Brust ist breit und voller Haare. Er sieht nicht gerillt aus wie Brad Pitt, der sich für Fight Club komplett dehydriert hat, damit seine Muskeln irgendwie präsenter aussehen. Patrick ist der Inbegriff des gesunden Mannes. Er riecht den Schweiß. Er sieht die praktische Begabung ohne Schnickschnack. Die vernünftigen Arbeitsschuhe. Die Arbeitshosenträger, so breit und wuchtig, dass sie ästhetisch mit den blonden, nicht filigranen, sondern starken, verspielten Locken brechen. Rupert will verschmelzen mit dieser gesunden Kraft, von der er sich gerne vorstellt, dass sie
zur Naturgewalt werden kann, die alles mitreißt und einen zurücklässt mit dem befreienden Bewusstsein, dass man nur wie ein freies Radikal im Universum herumschwirrt, wie die von einem direkten, scharfen Sonnenstrahl erleuchteten feinen Staubteile, die in jeder Stube durch die Luft wandern.

Das Wandern fürs Schlägern geht ihm auf die Nerven, sagt der Patrick und rollt sich eine Zigarette. Und dann fragt er Rupert: „Dir geht das Wandern auch auf die Nerven, oder?" Rupert schaut ihn fassungslos an. Patrick fällt das nicht auf. „Wie am Silbereck. Bei der

Rinne. Wo ich dir Hüttrauch aufs Speckbrot gestreut habe. Das heißt auch Hidri", sagt er. „Loth bringt das immer vom Berg hinunter." Also das wird abgebaut in der alten Miene. Rupert fühlt sich wie ein Objekt in einem archäologischen Experiment. Rupert sagt: „Man muss aufpassen, weil das giftig ist." Patrick lacht. Ja, Arsen ist giftig, aber was ist nicht giftig. Sogar Wasser ist giftig. Was glaubst du, wie die Leute früher das Holzarbeiten ausgehalten haben? Wie sie erfolgreich auf Berge gestiegen sind. Patrick sagt, er ist überzeugt, dass auch Hillary, der den Mount Everest von seinem echten Namen eben zu Mount Everest umbenannt hat durch seine Besteigung, vollauf Hüttrauch war. Alle waren es in den Bergen. Sogar irgendeine Oma aus Peter-Rosegger-Geschichten.

Rupert sagt, dass er das schon weiß, und bereut es sofort. Der Zirbenmann hat, soweit Rupert sich erinnern kann, noch nie so viel am Stück geredet, und Rupert hätte vielleicht viele interessante Fakten erfahren können und viel über Arndorf, aber er ist einfach noch zu eitel, das hat er sich von seiner jahrelangen Arbeit so angewöhnt, die in sein Fleisch und Blut übergegangen ist – für nix letztlich. Rupert wählt deswegen ein Thema aus, von dem er sich Konsens erwartet.

„Die Meditation und das aufmerksame Bewusstsein, die Mindfulness sind Teile der traurigsten Auswüchse unserer überreizten und verblödeten Gesellschaft. Das ist eine Gesellschaft, in der sich die Leute andauernd selbst mieten, indem sie alles über sich irgendwo ins Internet schreiben und sich selbst sozial vermarkten auf Plattformen, die sie automatisch in einen Algorithmus einkalkulieren, zu einem Klischee machen, wenn sie noch keines sind. Das ist eine im schlechtesten Sinne durchdisziplinierte Gesellschaft, in der die Leute sich bei ihren gegenseitigen Dienstleistungen auch gegenseitig bewerten. Für nichts. Sich dabei Sternchen oder so geben, wenn sie andere bei ihren sinnentleerten Handlungen zuschauen dürfen.

Die Dienstleistung ist etwas, das wir hier in Arndorf gottseidank nicht haben. Wir haben hier nämlich WERTE. Wir brauchen überhaupt gar keine Dienstleistungen. Und zwar aus einem einfachen Grund: Weil wir überhaupt keine Diener haben, brauchen und auch keine sind! Produktion, Vertrieb und Anbau, das sind echte wirtschaftliche Werte in Arndorf. Überhaupt, diese Esoterikerinnen mit ihren Auras und Steinen, mit ihrem Getrommel und ihren Yogaübungen verweichlichen unsere zukünftigen Mütter mit ihrem Gefühls- und Selbstbestimmungsbla."

Patrick verzieht das Gesicht so, dass Rupert denkt, er sagt gleich wieder was, und Rupert macht große Augen und hebt erwartungsvoll sein Kinn. Von dieser intensiven Geste wird Patrick abgeschreckt und fasst deswegen unwillkürlich zusammen, was er eigentlich sagen wollte. „Man darf nicht zu viel vom Hidri nehmen, sonst ist man vergiftet. Aber ich habe mir keine Sorgen gemacht um dich.“ Er grinst und seine Augen leuchten mit dem orangen Stallhut um die Wette. „Na mussma schon aufpassen, Rupert, vor allem beim Weißen. Wir haben ihn ja in verschiedenen Farben, und am Anfang haben wir gar nicht so genau gewusst, was wir damit

eigentlich machen sollen. Wir haben das abgebaut, weil man das hier früher so gemacht hat, und die meisten Leute hier wollten alles das können, was man früher hier gemacht hat. Es ist eine verzweifelte Nostalgie. Die Leute wollen spüren, welche Ziele und welche Motivation die Leute früher gehabt haben, damit sie sich selbst motivieren können für ihren Alltag, der ziemlich sicher nicht so schlimm ist wie früher.“ Patrick ist sich sicher, dass Hüttrauch auch von den ersten Bergleuten genommen wurde. Von den ersten Bergführern, die es gegeben hat. Alle frühen Alpinisten waren komplett auf Hidri. Er selber nimmt es, wenn er wandern oder weit gehen muss, sagt er. Das Weiße ist leichter zum

Dosieren, aber auch stärker. Leute vom Land vertragen es besser. Die Haare werden schön davon, und die Haut bekommt einen gesunden Glanz. Patrick nimmt sein Handy und macht ein süßes Selfie.

Rupert hat tausend Fragen dazu, aber der Zirbenmann sagt, die anderen haben mehr Ahnung davon, und das Gespräch ist damit beendet. Und der Zirbenmann baut auf die Schnelle einen Türrahmen und ein Küchenkastel. Wenn er Maß nimmt, geht das schnell, und er merkt sich mehrere Maße problemlos und bringt sie beim Zeichnen und Zuschneiden nie durcheinander. Alle Schnitte sind gerade und genau so weit geneigt, wie sie sein müssen. Beim Zusammenbauen passt alles gleich beim ersten Mal. Rupert findet das übermenschlich, aber es ist eigentlich eine ziemlich normale Realität. Und die normale Realität fühlt sich für Rupert auf einmal beklemmend an. Er fühlt sich klein wie ein Ameisenei unter Siloballen.

Oben

Die Gräser werden kleiner, kürzer und unbarmherziger in der Höhe. Noch später werden sie von Schotter abgelöst und noch später von Felsen, und danach gibt es nur noch den Himmel. Die Schuhbänder knarren bei jedem Schritt, weil sie nass geworden sind vom Morgentau, der auf den Almkräutern jeden Morgen auf seine Himmelfahrt wartet.

Wer auf Berge steigt, muss körperlich fit und mental stark sein, muss die Gegend kennen und das Wetter. Muss Gefahren erkennen und alle Faktoren richtig abwägen können. Man muss im Einklang sein mit der kargen Landschaft, mit den Felsen und mit den Almwiesen auch. Sonst kann man nichts besteigen oder bezwingen. Leute mit Klettersteigset ziehen den Berg hoch. Das sind die Leute, die die Schwerkraft unterwerfen und sich am Unterwerfen aufgeilen. Harz und wilder Thymian riecht für manche wie Almdudler, für manche wie Sauna und für manche wie ein Aesop-Geschäft. Dabei war es früher mal umgekehrt. Sie wissen, der Berg ist noch grausamer als das Leben. Die Berge sind unverdorben, deswegen bestrafen sie Misserfolg viel direkter, klarer und reiner. Und was der Berg nicht schafft, erledigt die Dorfgemeinschaft mit Leichtigkeit. Eine Klarheit und Eindeutigkeit, die es in unserem modernen Leben gar nicht mehr gibt. Wer sich deppert aufführt, über den wird so lange geredet, bis er sich selbst nicht mehr erkennt und sich freiwillig wieder einfügt in die Regelmäßigkeit. Alles ist geregelt im Rückzugsgebiet für die Besten. Dort wohnen, bedeutet sich auskennen. Herr über die Lage zu sein. Unabhängig sein in der Bewegung.

Der gesamte Gebirgszug wurde von seinen Menschen und ihren geschmacklosen, verschuldeten Gebäuden entleert. Im Tal gibt es kein kleines Leben mehr, sondern nur mehr großes Leben. Und ehrwürdige Bedeutung. Konzept-Urtümlichkeit wiegt die Bewohner hin und wiegt sie her in ihrer Alpenwiege, und was nicht passt, das wird einfach rausgemobbt. Das ist letztendlich auch geblieben von Arndorf. Gleich wie die zwei Leute, denen jetzt alles hier gehört. Es wird nicht so gern gesehen, wenn Besucher spekulieren, wer genau das sein könnte, weil jeder hat ein Recht auf Privatsphäre.

Ein Schritt rechts und ein Schritt links. Gehen ist das unabhängigste Fortbewegungsmittel, die Atmung ist regelmäßig. Die Lungen weiten sich durch Hüttrauch und Speck. Die Welt passt zusammen. Sie passen in die Welt. Der Reif und der Schnee ziehen sich wie Schimmel über die Wälder. Schwarze Zacken ragen aus den Steinen. Ein Gürtel aus langen, schwarzen Nieten legt sich vom Tal zum Gipfel. Die Vorboten des neuen, sanften Wintersports. In Einklang mit der Natur, exklusiv, luxuriös und smart. Es gibt keine Werbung dafür, weil es in der Natur auch keine Werbung gibt. Weil es früher auch keine Werbung gab. Weil Werbung ordinär ist. Trotzdem weiß man, wie man eine Zielgruppe informiert.

Mitglieder der Zielgruppe gehen auch im Winter auf Berge und dann stempeln sie mit dem Gipfelstempel alles Mögliche ab. Sie haben ihre Spiegelreflexkameras mitgenommen und dokumentieren die Schönheit ihrer Umwelt und die Schönheit ihres Geschmacks. Sie machen keine Selfies. Sie machen diese Fotos für sich selbst. Damit meinen sie, sie machen diese Fotos und entwickeln sie dann. Das ist ihr Hobby, das ist das Hobby von vielen Leuten, die Zeit haben, Hobbys zu haben. Sie geben diese Fotos dann in eine Mappe, und wenn sie jemand in ihrer Immobilie besuchen kommt, dann ist es dort warm, aber nicht zu warm, ein angenehmer

Duft liegt in der Luft, frisch, aber nicht aufdringlich, und dann wird die Fotomappe – nicht zu verwechseln mit einem Fotobuch; ein Fotobuch ist schrecklich – gezeigt. Mit geschmackvollen Bergpanorama-Fotos von sehr warmen und sehr kalten Orten. Es wird betont, wie heiß oder wie eiskalt diese Orte waren. Diese Fotomappe ist altmodisch. Mit dieser Gummibeschichtung, an der die Folie haftet, die über die Fotos gestrichen wird, damit sie geschützt sind. Vor allem die wertvollen Gipfelfotos. Und die Erinnerungen an die körperliche Arbeit, die besonderen Pflanzen, alle Tiere, die man unterworfen hat, alle Nachbarn, über die man eh nur schlecht geredet hat, alle neuen Häuser in denen die gleiche Verzweiflung und der gleiche Neid wohnen wie immer schon. Streber, die niemand anderen akzeptieren können als höchstens vielleicht noch größere Streber.

Literatur bei leykam:

Das Matriarchat lebt im Land der Femizide

Anna Maria hält ihr normal schlimmes Großstadtleben nicht mehr aus. Eines Morgens wacht sie in Engelhartskirchen auf, einem oberösterreichischen Dorf, von dem sie bis dahin noch nie gehört hat. Zunächst lassen die Klischees grüßen: Kühe, Knödel, Kirchturmglocken. Dann aber bemerkt sie, dass nicht alles ins Bild passen will. Warum gibt es eine Pfarrerin, obwohl das Dorf katholisch ist? Wie kommt es, dass die Frauen hier viel lauter feiern als anderswo? Wo sind die Männer hin? Und was hat das alles mit Kathrin Glock zu tun?
Eva Reisinger erzählt eine skandalöse Geschichte über Macht, Freundinnenschaft und Solidarität. Eine Berg- und Talfahrt durch wichtige Themen der Gegenwart voller Popkultur-Poesie.

304 Seiten | ISBN 978-3-7011-8233-6

Literatur bei leykam:

Zwischen Schmerz und Heilung

Nach dem Suizidversuch ihrer Schwester lässt sich die Protagonistin in die Psychiatrie einweisen, um mit dem Schmerz und ihrer Angst umzugehen. Die Tage in der Klinik sind monoton: Die Patient*innen werden geweckt, es folgt der Morgenspaziergang im Hof, die Einnahme der Medikamente am Stützpunkt. Der neue Alltag überfordert sie zunächst, aber gibt ihr Halt und strukturiert ihre Welt. Nach und nach schließt sie Freundschaft mit einer Patientin. Zwischen Zigaretten und Ergotherapie, Zusammenbrüchen und Selbstzweifel sitzen sie zusammen auf der Wiese vor der Klinik und versuchen wieder Boden unter den Füßen zu bekommen, den Versuch eines Neuanfangs zu wagen.

192 Seiten | 978-3-7011-8232-9